JN220134

おはなしの森 4

「おはなしの森」の会・編

おはなしの森4

もくじ

ふゆの森

はるの森《もり》

手《て》をつなごう

うちだ ちえ

こわいなあ。

でも、見《み》たい。

れんくんとおねえちゃんは、この絵本《えほん》をよむとき、いつもどきどきします。このページをめくると、アレがとうじょうするからです。

「れんくん、手《て》をつなごう」

おねえちゃんの小《ちい》さい手《て》が、もっと小《ちい》さいれんくんの手《て》を、きゅっとにぎります。れんくんもきゅっとにぎりかえします。

おねえちゃんが、ページをめくりました。

絵・撫養和幸

わぁ、黒《くろ》ネコおばけだぁ。

大《おお》きくさけた口《くち》にとがったキバ。光《ひか》る目《め》が、こっちを見《み》て、にやり。

「こんなの、へいきだもん。だってね……」

そういって、れんくんはわざとゆっくり、次《つぎ》のページをめくりました。

黒《くろ》ネコおばけは、白《しろ》ネコおばけに「こわい顔《かお》しちゃだめ」と、おこられています。「ごめんなさい」とあやまる黒《くろ》ネコおばけ。にひきは手《て》をつないでかえっていきました。

「ふたりでよめたね」

「うん。ぼくこわくなかったよ。あした、ようちえんのマミ先生《せんせい》に、この本《ほん》よんでもらうんだ」

れんくんが、きゅっ。

おねえちゃんも、きゅっ。

手《て》と手《て》をきゅっ。

次《つぎ》の日《ひ》、れんくんがようちえんへいくと、

「うわーん、うわーん」

りんちゃんがないています。りんちゃんは、だいすきなマミ先生《せんせい》がいないとなきます。すべりだいのじゅんばんが、いちばんじゃないときもなきます。はっぱの上《うえ》に、ナナホシテントウを見《み》つけたときも、おべんとうのうさぎリンゴの耳《みみ》がおれているときもなきます。

そして、なかなかなきやみません。

「りんちゃん、どうしたの？」

れんくんがききました。

「なっちゃんのピンクのリボンのほうがかわいい。わたしの、いやだー。うわーん」

りんちゃんは、さっきまでむねにつけていた、きいろのリボンをはずし、くしゃくしゃにしています。

れんくんは、

「あっちであそぼうよ」

と、手《て》をさしだしました。

りんちゃんは、れんくんをちらりと見《み》ただけ。そしてまた、

「うわーーん」

なっちゃんが、

「りんちゃんはないてばかりだから、れんくん、あっちであそぼう」

といって、れんくんと手《て》をつなごうとした、そのときです。

「だめー。それ、りんちゃんの手《て》だもん。れんくんはわたしに手《て》を出《だ》してくれたんだもん」

りんちゃんが、れんくんの手《て》をさっとにぎりました。

なっちゃんもまけてはいません。

「りんちゃんはないてるじゃない。ないてたら、れんくんとあそべないでしょ」

そういって、なっちゃんは、れんくんのあいている手《て》を、にぎりました。

あらら。うまいこと、さんにんがつながりました。

「どうして手《て》をつないでるの。わたしもなかまにいれて」

「ぼくも、ぼくも」

ともだちがあつまります。どんどんつながります。いつのまにか、わになって、ぐるぐる。りんちゃんは、もうなくのをわすれたみたい。にこにこです。

そんなみんなとはなれて、ひとりでつみきであそんでいる子《こ》がいました。たっくんです。

たっくんは、れんくんとなかよしです。でも、きのう、ブランコのとりあいになりました。

「れんくん、だめ。ぼくが先《さき》」

「ちがうよ、たっくんはぼくの次《つぎ》。ぼくが先《さき》にのるの」

あれから、口《くち》をきいていません。

「たっくんがわるいんだもん」

れんくんは、たっくんから目《め》をそらせました。

「これからお絵《え》かきをしますよ。なにをかいてもいいわよ」

マミ先生《せんせい》が、大《おお》きながようしと、クレヨンをよういしました。

なにをかこうかな。れんくんはかんがえました。

「そうだ、春《はる》にたっくんと行《い》った、いちごがりをかこう！」

大《おお》きないちごを、たっくんとなんこもなんこも食《た》べました。

れんくんは、たっくんをちらっと見《み》ました。たっくんは、れんくんにせなかをむけてかいています。

「たっくんは、なにをかくのかなあ」

気《き》になります。でも、きのうブランコをとりあいしたので、「いっしょにかこうよ」と、いえません。れんくんはひとりで絵《え》をかきはじめました。

「あのいちご、すごーく大《おお》きくて、あまくて。口《くち》のまわりがまっ赤《か》になって。たっくんが、いっこまるまま口《くち》に入《い》れたから、しるがぼとぼとって……」

思《おも》い出《だ》しておもわず「ふふん」と、わらってしまいました。

でも、そのあとに「ふぅ」とためいきです。

……いつもは、たっくんとならんでお絵《え》かきするのになあ……。

うしろから、なっちゃんの大《おお》きな声《こえ》がしました。

「れんくんの、これ、なに？」

「いちごだよ」

「れんくんのいちご、へんなの。しかくくてでこぼこしてる」

れんくんは、

「ほんとうに、こんなに大《おお》きくて、へんなかたちだったもん」

と、いいかえしました。

「そんないちご、みたことない」

「へんだよね」

れんくんのまわりで、みんながいいます。

「ほんとうだもん。たっくんといっしょに食《た》べたもん」

れんくんは、また、たっくんをちらっと見《み》ました。こんどはたっくんもこっちを見《み》ています。なっちゃんが、たっくんをひっぱってきました。

「ねえ、たっくん。こんなへんないちご、れんくんといっしょに食《た》べたの？」

たっくんは、れんくんのいちごを見《み》て、

「ううん。こんなの食《た》べてない」

れんくんは、がっかり。

……たっくんのうそつき。いっしょにいちご食《た》べたのに……。

……ブランコのこと、おこってるのかな……。

れんくんがうつむいた、そのとき。

「もっともっと、へんないちごだったもん」

たっくんが、じぶんのかいた絵《え》を、みんなに見《み》せました。

「わあ、へんないちご」

大《おお》きくて、でこぼこです。

「そうそう、これこれ」

れんくんとたっくんは、かおを見《み》あわせてにっこり。それからは、ふたりならんでつづきをかきました。

「たっくん、口《くち》のまわり、まっ赤《か》になったよね」

「れんくんだって」

あまいかおりや、きもちよかったひざしや風《かぜ》のことまで、思《おも》い出《だ》してきました。

「できたー」

おいしい顔《かお》のできあがり。

でも、がようしの中《なか》には、それぞれじぶんひとりだけ。

……ふたりで食《た》べたのになあ……

ちょっとがっかりしましたが、かべにはられたふたりの絵《え》をゆびさして、りんちゃんがわらいだしました。

「れんくんとたっくん、手《て》をつないでる！」

よこにならんだふたりの絵《え》は、まるで手《て》をつないでいるようです。

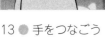

れんくんが、きゅっ。

たっくんも、きゅっ。

「さあ、絵本《えほん》をよみますよ。れんくんがもってきてくれたこの絵本《えほん》、少《すこ》しだけこわいかもね」

「どんなおはなし？」

マミ先生《せんせい》のまわりに、みんながあつまります。

「こわいの、やだ」

そういって顔《かお》をしかめたなっちゃん。

「ぼく、おねえちゃんと手《て》をつないでよむよ。そうしたら黒《くろ》ネコおばけなんか、こわくないよ」

れんくんがそういって、なっちゃんと手《て》をつなぎました。

わたしも！　ぼくも！

みんなも、手《て》をつなぎました。

手《て》と手《て》をきゅっ。

ふふ、手《て》をつなぐと、なんだかたのしくなるね。

うちだ・ちえ

広島県生まれ。神戸市北区在住。日本児童文学者協会会員。著書に絵本「オオカミがやってきた!」(童心社)など。おはなしの森では「春るるるん」「ウマくんのしごと」ほか。

手品師《てじなし》になった魔法使《まほうつか》いの話《はなし》

岡村 佳奈

春一番《はるいちばん》がふいた、ある日《ひ》のことです。

手品師《てじなし》のトントさんは、お城《しろ》にむかう馬車《ばしゃ》にのっていました。王《おう》さまの前《まえ》で、手品《てじな》をひろうするためです。

王《おう》さまは、ふしぎなことが大好《だいす》きだときいています。

「きょうは、とっておきの手品《てじな》を見《み》せよう。王《おう》さまはきっと、ごほうびをたくさんくださるぞ」

トントさんは、そんなことばかりかんがえていました。

ようやくお城《しろ》が見《み》えてきたとき、トントさんは、おもわず窓《まど》から顔《かお》を出《だ》しました。すると、
ピユーッ

絵・寺田翔太朗

とつぜんの風《かぜ》に、シルクハットがとばされてしまったのです。

「まてー！　シルクハットがないと、とっておきの手品《てじな》ができないんだ」

トントさんは、馬車《ばしゃ》をとめてもらうと、あわててかけだしました。

シルクハットを見《み》うしなってはいけないので、ずっと空《そら》を見《み》あげたまま走《はし》りました。

大《おお》きなおなかをゆすりながら、それはもう、あせだくで走《はし》りつづけたのです。

けれど、シルクハットは、高《たか》く高《たか》くまいあがり、やがて見《み》えなくなりました。

「ああ、どうしよう……」

トントさんは、がっかりして、すわりこみました。

目《め》の前《まえ》には、野原《のはら》がひろがっています。白《しろ》やピンクやオレンジ色《いろ》の花《はな》がさき、かわいらしい小鳥《ことり》がとんでいます。

ふりむくと、はるか遠《とお》くにお城《しろ》が見《み》えました。

「よわったな。早《はや》くお城《しろ》にもどらないと、ごほうびどころか、しかられてしまう」

そんなことをつぶやいていたら、

「これ、おじさんのぼうし？」

あたまの上《うえ》で、声《こえ》がしました。

小《ちい》さな男《おとこ》の子《こ》が、空中《くうちゅう》にうかんでいます。よく見《み》ると、空《そら》とぶホウキにのっています。

ホウキにのった男《おとこ》の子《こ》が、トントさんの前《まえ》におりてきました。

七《なな》つか八《やっ》つぐらいでしょうか。すその長《なが》い、まっ黒《くろ》な服《ふく》をきています。

(魔法使《まほうつか》いだ！)

トントさんは、ふるえあがりました。

魔法使《まほうつか》いといえば、にんげんを、カエルやら石《いし》ころに変《か》えるといわれています。

子《こ》どもだからといって、ゆだんできません。すぐさま、にげようとしたら、

「ねぇ。これ、おじさんのぼうしでしょ？」

男《おとこ》の子《こ》は、にっこり笑《わら》って、くびをかしげました。ぶかぶかのぼうしは、たしかに、トントさんのシルクハットです。

「ああ。ひろってくれたのか。ありがとう」

トントさんがいうと、男《おとこ》の子《こ》は、シルクハットをぬぎました。

と、そのとき。手品《てじな》のしかけにさわってしまったのでしょう。

パンッ
という音《おと》とともに、シルクハットから、金貨《きんか》があふれ出《で》てきました。

「わっ、びっくりした。これって、どうなっているの？」

男《おとこ》の子《こ》は目《め》をまるくして、シルクハットを見《み》つめています。

(なぁんだ。にんげんの子《こ》どもと同《おな》じじゃないか)

トントさんは、くすくす笑いました。楽《たの》しそうな男《おとこ》の子《こ》を見《み》ていたら、手品《てじな》をもっと見《み》せてあげたくなりました。

「手品《てじな》を知《し》らないのかね。わしは、トント。世界一《せかいいち》の手品師《てじなし》・トントだよ」

トントさんは、金貨《きんか》をひとつひろうと、いっしゅんで、白《しろ》いタマゴに変《か》えました。

そのタマゴをつつくと、まっ白《しろ》なハトがとびだしました。

「手品《てじな》って、おもしろい！　こんなにワクワクするのは、はじめてだよ」

ハトをおいかけながら、男《おとこ》の子《こ》が、はしゃいでいます。

「手品《てじな》ってものは、大《おお》ぜいのひとを楽《たの》しませるためにあるんだ。おきゃくさんのはくしゅは、手品師《てじなし》にとって、最高《さいこう》のごほうびなんだよ」

トントさんは、とくいげにむねをはりました。

(王《おう》さまのごほうびより、この子《こ》の笑顔《えがお》のほうがうれしいな)

ふと、思《おも》いました。

「うん。きめた！」

とつぜん、男《おとこ》の子《こ》が、さけびました。

「ぼく、手品師《てじなし》になる！」

男《おとこ》の子《こ》は、空《そら》とぶホウキをほうりなげました。

思《おも》いがけないことばに、トントさんは、ポカンとしてしまいました。

「おねがい。トントさん、ぼくを弟子《でし》にしてよ。ぼく、いろいろな手品《てじな》をおぼえて、たくさんのひとを楽《たの》しませたいんだ」

男《おとこ》の子《こ》は、こうふんしたようすで、うなずいています。

「待《ま》て待《ま》て。きみは魔法使《まほうつか》いだろう？　手品《てじな》なんかおぼえなくても、いくらだって、ふしぎなことができるじゃないか」

トントさんは、あわてました。

魔法使《まほうつか》いが、手品師《てじなし》の弟子《でし》になるなんて、きいたことがありません。

男《おとこ》の子《こ》はブルブルと首《くび》をふり、

「魔法使《まほうつか》いじゃだめなんだ。みんな、こわがってにげちゃうもの」

ぽつりとつぶやきました。

「だって、それは……」

トントさんは、口《くち》ごもりました。魔《ま》法使《ほうつか》いはおそろしいと、だれもが思《おも》っています。

トントさんだって、ついさっきまで、魔《ま》法使《ほうつか》いはこわいと思《おも》いこんでいました。

「ぼく、ずっとひとりぼっちなんだよ。手品師《てじなし》になって、みんなを楽《たの》しませたいんだ。そうすれば、だれも、ぼくをこわがらなくなるでしょ。ぼくと友《とも》だちになってくれるかもしれないでしょ」

男《おとこ》の子《こ》はいいました。

ポロポロと、なみだをこぼしています。

「よし。いっしょに、とっておきの手品《てじな》をやろうか」

トントさんは、ウインクしてみせました。

その後《ご》、トントさんと男《おとこ》の子《こ》の手品《てじな》は、町《まち》で大《だい》ひょうばんになりました。

トントさんのシルクハットから、男《おとこ》の子《こ》が虹《にじ》を出《だ》します。

トントさんが、白《しろ》いハトを出《だ》せば、男《おとこ》の子《こ》がハクチョウに

かえてみせます。

「なんだか、魔法《まほう》みたいだね」

「あの子《こ》は、魔法使《まほうつか》いかもしれない」

そんなことをいうひともいましたが、だれもこわがったりしません。

みんな、手品師《てじなし》の男《おとこ》の子《こ》を大好《だいす》きになったからです。

今日《きょう》も、トントさんと男《おとこ》の子《こ》のステージは、はくしゅがなりやみませんでした。

おかむら・かな
日本児童文芸家協会会員。第20回小さな童話大賞角野栄子賞受賞。共著に「おはなしの森」「ワニと猫とかっぱそれから…」（ともに神戸新聞総合出版センター）。

三毛《みけ》の子《こ》ねこ

だんちあん

あすかちゃんは小学二年生《しょうがくにねんせい》です。自転車《じてんしゃ》に乗《の》れるようになりました。

今日《きょう》は春《はる》の土曜日《どようび》。午後《ごご》、リナちゃんと自転車《じてんしゃ》でお出《で》かけをします。

リナちゃんは、あすかちゃんのビーチボールです。ようち園《えん》に入《はい》った時《とき》、お父《とう》さんが買《か》ってくれました。あすかちゃんがお出《で》かけの時《とき》は、いつもいっしょです。

「リナちゃん、行《い》くわよ」

「りょうかいでーす！」

絵・最上浩和

リナちゃんは、〝お出《で》かけ用《よう》のネット〟にもぐりこみました。

あすかちゃんはヘルメットをかぶり、リナちゃんをかたにかけてげんかんを出《で》ました。

そして、表《おもて》に止《と》めてある自転車《じてんしゃ》に乗《の》ると、ゆっくりペダルをふみました。

自転車《じてんしゃ》が、右《みぎ》に左《ひだり》にゆれます。

「あすかちゃん、がんばって！」

あすかちゃんは、ぐーぐーっと足《あし》に力《ちから》を入《い》れました。すると自転車《じてんしゃ》は、しっかり進《すす》むようになりました。

「あすかちゃん、上手《じょうず》！」

自転車《じてんしゃ》はだん地《ち》を出《で》て、通《とお》りにそった自転車道《じてんしゃみち》に入《はい》りました。

「おーい、あすかちゃん！　楽《たの》しそうね！」

「あっ、春風《はるかぜ》のルルさん！」

ルルさんは町《まち》の風《かぜ》です。町《まち》のことを何《なん》でも知《し》っていて、子《こ》どもたちが大《だい》すきです。

「自転車《じてんしゃ》に乗《の》れるようになったのね」

あすかちゃんは、返事《へんじ》もせずにどんどんこいで行《い》きました。

「ヤッホー！」

上《じょう》きげんです。

「あすかちゃん、安全運転《あんぜんうんてん》よ！」

「平気平気《へいきへいき》。まかせておいて！」

スピードは、どんどん速《はや》くなっていきました。

「ヤッホー、ヘイホー！」

その時《とき》です。前方《ぜんぽう》を小《ちい》さなかげが、よちよちと横切《よこぎ》るのが見《み》えました。

キーッ、キッキーーッ！

あすかちゃんは急《きゅう》ブレーキをかけました。自転車《じてんしゃ》はいきおいあまって、道《みち》のわきの、植《う》えこみの方《ほう》にたおれてしまいました。

「リナちゃん、大《だい》じょうぶ？」

リナちゃんは、自転車《じてんしゃ》がたおれたいきおいで、お出《で》かけ用《よう》ネットから放《ほう》り出《だ》されていました。

「ええ大《だい》じょうぶよ。あすかちゃんは？」

「わたしは、大《だい》じょうぶ」

そう言《い》ってあすかちゃんは、手《て》のひらやひざのすなをはらって、自転車《じてんしゃ》を起《お》こしました。

と、その時《とき》でした。

リンリン、リンリン。

すずの音《おと》がしました。

二人《ふたり》は、音《おと》のした方《ほう》へ近《ちか》づいて行《い》きました。すると、植《う》えこみのかげで、小《ちい》さなねこがうずくまっていました。

ニャーオ、ニャーオ。

二人《ふたり》に気《き》がついたねこは、かなしそうに鳴《な》きました。

「かわいい！」

二人《ふたり》は、思《おも》わず声《こえ》を出《だ》しました。

目《め》がくりくりっとした、白《しろ》、黒《くろ》、茶《ちゃ》の三毛《みけ》の子《こ》ねこ。むねに銀《ぎん》のすずをつけていました。

「飼《か》いねこだね。どうしてこんな所《ところ》にいるんだろう？」

あすかちゃんは、子《こ》ねこをだきながら言《い》いました。

「捨《す》てられたのかな？　それともお母《かあ》さんにはぐれたのかな？」

「飼《か》いたいなあ。……でも、犬《いぬ》もねこも家《いえ》で飼《か》ったことないし、お父《とう》さんもお母《かあ》さんも、いいって言《い》ってくれるかな？」

「待《ま》って、あすかちゃん。今《いま》ごろ、家《いえ》の人《ひと》が、この子《こ》をさがしているのかもしれないよ」

「そうね。それに、第一《だいいち》この子《こ》のお母《かあ》さんだって、きっとさがしているよね」

「子《こ》ねこだし、そんなに遠《とお》くまで来《き》ていないよ。きっと近所《きんじょ》だよ」

あすかちゃんは、よくよく考《かんが》えて、自転車《じてんしゃ》の前《まえ》かごにあったタオルを、近《ちか》くのハナミズキの木《き》の根元《ねもと》にしいて、子《こ》ねこをねかせてやりました。そして、

「早《はや》く見《み》つけてもらうんだよ」

と、やさしく頭《あたま》をなでました。

「じゃあ、今日《きょう》の自転車乗《じてんしゃの》りは、ここまで」

「りょうかいでーす！」

リナちゃんは、お出《で》かけ用《よう》ネットにもぐりこみました。

「今度《こんど》こそ、安全運転《あんぜんうんてん》でね」

「りょうかいでーす！」

あすかちゃんは、リナちゃんをかたにかけ、ゆっくり自転車《じてんしゃ》を走《はし》らせました。

いつの間《ま》にか、空《そら》はどんよりとくもっていました。

家《いえ》に帰《かえ》るとあすかちゃんは、さっそく、子《こ》ねこのことをお母《かあ》さんに話《はな》しました。

「とてもかわいかったの。でも、飼《か》い主《ぬし》の人《ひと》やお母《かあ》さんがさがしていると思《おも》って、そのまま帰《かえ》ってきたの」

「大《だい》じょうぶ？　あなたみたいなあわてんぼうさんに、ひかれたりしていない？　それに、飼《か》い主《ぬし》の人《ひと》やお母《かあ》さんが、ちゃんと見《み》つけてくれればいいけれど。いっそのこと、拾《ひろ》って帰《かえ》ってくればよかったのに。お父《とう》さんだって、動物《どうぶつ》がきらいじゃないわよ」

「なーんだ。飼《か》ってもよかったの？　わたし、だめだと思《おも》って……。損《そん》しちゃった」

「何《なに》も、損《そん》なんか、していないわよ」

こんな話《はなし》をしているうちに、外《そと》は、雨《あめ》がふり出《だ》しました。

あすかちゃんは、子《こ》ねこのことが心配《しんぱい》でしたが、自分《じぶん》の部屋《へや》で宿題《しゅくだい》をすることにしました。リナちゃんは、そばでそっと見守《みまも》ってくれました。

雨《あめ》は、少《すこ》し強《つよ》くなってきました。あすかちゃんは、宿題《しゅくだい》が手《て》につきません。

「あの子《こ》、雨《あめ》にぬれていないかな？　ちゃんと見《み》つけてもらえたかな？」

「大《だい》じょうぶよ。きっと無事《ぶじ》に、お母《かあ》さんといっしょにいるわ」

「そうだといいんだけど……」

夕《ゆう》はんの時《とき》、お父《とう》さんにも話《はなし》をしました。するとお父《とう》さんは、

「あすかが、しっかり世話《せわ》をすれば、飼《か》えたよ」

と言《い》ってくれました。

あすかちゃんは、かわいそうなことをしたなと思《おも》いました。

お休《やす》みの時間《じかん》になりました。今夜《こんや》も、二人《ふたり》はいっしょにねます。

雨《あめ》は、本《ほん》ぶりになりました。二人《ふたり》は、なかなかねむれません。

「あの子《こ》、きっとずぶぬれになって、ニャーオ、ニャーオって鳴《な》いているんだよ」

「あすかちゃん、明日雨《あしたあめ》がやんだら、もう一度《いちど》、あそこへ行《い》ってみようよ。ね」

「うん」

真夜中《まよなか》をすぎたころ、雨《あめ》はやっと小《こ》ぶりになりました。二人《ふたり》は少《すこ》し安心《あんしん》して、ようやくねつくことができました。

日曜日《にちようび》の朝《あさ》。雨《あめ》は上《あ》がり、良《よ》いお天気《てんき》になりました。朝《あさ》ごはんがすむと、二人《ふたり》はすぐに、子《こ》ねこをさがしに行《い》きました。

あすかちゃんは、自転車《じてんしゃ》をこぐ足《あし》が、つい速《はや》くなりました。

「あすかちゃん、落《お》ち着《つ》いて」

「はい、はい。安全運転《あんぜんうんてん》ね」

あすかちゃんは、一回一回《いっかいいっかい》しっかりこぎました。

やがて、ハナミズキの木《き》の前《まえ》に着《つ》きました。二人《ふたり》は、あたりをよーくさがしました。でも、子《こ》ねこはどこにもいませんでした。だれかが持《も》って行《い》ったのか、タオルがなくなっていました。

それから二人《ふたり》は、毎日子《まいにちこ》ねこをさがしに行《い》きましたが、見《み》つけることはできませんでした。

ちょうど一週間《いっしゅうかん》たった、日曜日《にちようび》の午後《ごご》。二人《ふたり》が、ハナミズキの木《き》にもたれて通《とお》りをながめていると、見知《みし》らぬおばあさんが、車《くるま》をおしてやって来《き》ました。

車《くるま》が前《まえ》を通《とお》りかかった時《とき》、二人《ふたり》はふと、荷物《にもつ》かごに目《め》が止《と》まりました。

「あすかちゃん、あのねこ……」

かごの中《なか》にいたのは、三毛《みけ》の子《こ》ねこ。むねに銀《ぎん》のすずをつけていました。あの子《こ》ねこです。

あすかちゃんは、おばあさんにたずねました。

「ねえ、そのねこは、前《まえ》からおばあさんが飼《か》っているの？」

「いやねえ、先週《せんしゅう》、買《か》い物《もの》の帰《かえ》りに、その木《き》の所《ところ》で見《み》つけたんだよ。ちょうど雨《あめ》がふってきてね。かわいそうなんで、わたしが飼《か》うことにしたんだよ」

そう言《い》っておばあさんは、また、車《くるま》をおして行《い》きました。

その時《とき》です。

「あすかちゃーん！」

「あっ、春風《はるかぜ》のルルさん！」

「あのおばあさんは、この間《あいだ》おじいさんがなくなってね。今《いま》、一人《ひとり》で住《す》んでいるんだよ」

「それじゃあ、おばあさんに拾《ひろ》われて、よかったんだね」

「そうよ。おかげでおばあさん、ずい分元気《ぶんげんき》になったそうよ」

あすかちゃんは、早《はや》くお母《かあ》さんに知《し》らせようと思《おも》いました。そして二人《ふたり》は、急《いそ》いで自転《じてん》車《しゃ》に乗《の》りました。

「ルルさん、いつもありがとう！」

「いいえ、どういたしまして。じゃあ、またね。スピード、気《き》をつけてね」

「りょうかいでーす！」

あすかちゃんは、ゆっくりペダルをふみました。

だんちあん

川西市在住。創作同人「けやきの会」を主宰。〝小さき者への讃歌〟として作品を追求。近著にアンソロジー「いただっきー！」（銀の鈴社刊）。日本児童文芸家協会・日本作詩家協会会員。

ゆかの下《した》で

おおかわ いこ

ここちゃんは、五《ご》さいのおんなの子《こ》です。

駅《えき》まえにすんでいるので、電車《でんしゃ》や自転車《じてんしゃ》の音《おと》がにぎやかにきこえてきました。

まい朝《あさ》、めざまし時計《どけい》がなくても、ちゃんとひとりでおきられます。

ある日《ひ》、お父《とう》さんとお母《かあ》さんがいいました。

「おばあちゃんのおうちに、ひっこししてもいいかな?」

「うん、いいよ」

ここちゃんは、はなれてくらすおばあちゃんが大好《だいす》きです。

絵・藤田年男

「でもね、おばあちゃんのおうちのちかくには、小学校《しょうがっこう》しかないのよ。幼稚園《ようちえん》がないから
さびしいかな？」

お母《かあ》さんがしんぱいそうに、ここちゃんのかおをのぞきこみました。

「だいじょうぶ。ともだちはたくさんいるし、小学校《しょうがっこう》にはいったら、あたらしいともだち
もできるもん」

ここちゃんは、むねをはってこたえました。

幼稚園《ようちえん》のチューリップ組《ぐみ》で、おわかれ会《かい》をしてくれました。

「ここちゃんと、いっしょの小学校《しょうがっこう》に行《い》きたかったのに」

ともだちの目《め》から、なみだがこぼれました。

「なかないで。小学校《しょうがっこう》はちがっても、ともだちだよ」

ここちゃんは、なみだをふいてあげます。

「プールで水《みず》かけしたり、どろだんごつくったり、たのしかったね。ひっこししても、ずっ
とずーっとともだちだよ」

みんなはそういって、うたをうたったり、あくしゅをしてくれたりします。

「また、あおうね。あそびにきてね」

ここちゃんは、手紙《てがみ》とおり紙《がみ》でつくったプレゼントをたくさんもらって、おわかれをしました。

それからまもなく、おばあちゃんの家《いえ》にひっこしをしました。

おばあちゃんの家《いえ》のまわりは畑《はたけ》ばかりで、うら山《やま》は秋《あき》のもみじで赤《あか》くそまっています。

家《いえ》のまえで、おばあちゃんが笑顔《えがお》でまっていました。

「よくきたね。つかれてないかい？」

「車《くるま》で二時間《にじかん》だけだもん、へっちゃらだよ」

ここちゃんは、むねをはっていいました。

「今日《きょう》からよろしくおねがいしますね」

おばあちゃんがおじぎをすると、ここちゃんはうれしくて、おばあちゃんにだきつきました。

つぎの日《ひ》の朝《あさ》、ここちゃんはねぼうをしました。つぎのつぎの朝《あさ》もねぼうをしました。

「ここちゃんは、おねぼうさんね」

おばあちゃんが笑《わら》っていうと、

「ちがうもん、おねぼうじゃないもん。駅《えき》の音《おと》がきこえないから、おきられないんだもん」

ここちゃんの口《くち》はへの字《じ》にまがり、ほっぺたは大《おお》きくふくらみました。

お父《とう》さんとお母《かあ》さんは、ひっこしのかたづけやようじで大《おお》いそがしです。

おばあちゃんも「雪《ゆき》がふるまえに」と、つぶやきながら畑《はたけ》しごとに大《おお》いそがしです。

「わたしもお手《て》つだいしたい」

ここちゃんがそういっても、

「まだ、いいよ。もう少《すこ》し大《おお》きくなってからね」

と、みんなは笑《わら》うだけです。

「おるすばんばっかり。そうだ！」

ここちゃんは台所《だいどころ》のゆかに、幼稚園《ようちえん》でもらった手紙《てがみ》と、おり紙《がみ》をひろげました。

ひとつひとつに、ともだちの顔《かお》がうかびます。

「みんなにあいたいな」

せなかをまるくして、なみだをこぼしました。

その時《とき》、手《て》から手紙《てがみ》がすべりおちて、ゆかのすきまにはいってしまいました。

「あっ」

あわてて手《て》をのばしましたが、ひろえません。おどろいて、なみだがとまりました。

「ただいまー。かえったよう」

おばあちゃんの声《こえ》がきこえました。

ここちゃんは、おばあちゃんのところへいそいでいくと、

「おばあちゃん、お手紙《てがみ》がゆかにはいっちゃった」

「おやおや、下《した》までおちちゃったんかね」

おばあちゃんは、台所《だいどころ》のほそ長《なが》いゆかいたのまん中《なか》をもちあげて、一《いち》まいずつはずします。

「ゆかのいた、おもくないの？」

「少《すこ》しおもいけど一《いち》まいなら、ひとりでもてるよ」

「わたしにもできる？」

おばあちゃんは、くびをかしげてかんがえています。そして、

「じゃあ、手《て》つだってもらおうかね。はじっことはじっこをもつよ」

ふたりで、ゆかいたをはずしていきます。すると、ぽっかりとゆかの下《した》がみえました。

ふかさは一《いち》メートルほどです。そこに、みじかいはしごをかけると、

「さあ、手紙《てがみ》をとっておいで」

おばあちゃんはいいました。

ここちゃんは、おそるおそるはしごをおります。じめんにサンダルがありました。サンダルをはいてまわりをみると、

「あ、お手紙《てがみ》あったー」

手紙《てがみ》は、じめんのさらさらとした土《つち》の上《うえ》におちていました。手紙《てがみ》のそばに、にんじんがうえられています。そのよこには、白菜《はくさい》や大根《だいこん》がつんであります。

「畑《はたけ》みたい。なんであるの？」

「それはね、冬《ふゆ》になると畑《はたけ》の野菜《やさい》が、雪《ゆき》でこおってしまうでしょ。だから、雪《ゆき》がふる前《まえ》にゆかの下《した》にうつしておくんだよ」

ここちゃんが、しゃがんで野菜《やさい》をみていると、

「ここちゃんも、なにかうえる？」

おばあちゃんがききました。

「うーん、野菜《やさい》はいっぱいあるし、お花《はな》でもいい？　チューリップのお花畑《はなばたけ》にしたいな」

「いいよ。野菜《やさい》をよせて、お花《はな》をうえようね」

それから、いろんな色《いろ》や花《はな》びらのかたちがちがう、きゅうこんをうえました。

冬《ふゆ》のあいだ、ときどきゆかいたをはずして水《みず》をあげたり、にっこうよくをさせたりしました。

「ママ、お花《はな》がさいたら、幼稚園《ようちえん》のともだちにみてもらいたいな」

「そうね、あそびにきてもらおうね」

「わたしがお手紙《てがみ》かく」

ここちゃんは、幼稚園《ようちえん》のともだちに手紙《てがみ》をかきました。

『お花畑《はなばたけ》をつくりました。

もうすこしでさくよ。

あそびにきてね』

雪《ゆき》がとけて、春《はる》になりました。

ここちゃんの家《いえ》に、ともだちがあそびにやってきました。

「お手紙《てがみ》ありがとう」

「お花畑《はなばたけ》はどこ？」

ともだちは、きょろきょろと家《いえ》のまわりを見《み》ています。

「さあ、おうちにはいって」

ここちゃんは、家《いえ》の中《なか》にまねきいれました。

「お花畑《はなばたけ》はなかったよ。どこにあるの？」

みんなは、くびをかしげています。

ここちゃんは、笑《わら》って足《あし》もとをゆびさしました。

「うふふ。おうちの中《なか》にあるんだよ」

「どこどこ？」

みんなはおどろいて、ここちゃんの足《あし》もとを見《み》つめます。

「ゆかのいたをはずすから、手《て》つだってね」

みんなは、ふしぎそうにかおを見《み》あわせました。

「ゆかいたの、はじっことはじっこをもってね。こうして」

ここちゃんは、てきぱきとゆかいたをずらしてみせます。

みんなは、目《め》をまるくして、

「わかった。よいしょ、よいしょ」

ふたりひとくみになって、ゆかいたを一《いち》まいずつはずします。

「あ、お花《はな》がみえた」

「下《した》におりられるの？」

ここちゃんはうなずいて、みじかいはしごをかけました。

「おりるから、みててね」

ここちゃんは、はしごをおりてみせると、

「いっぽずつ、ゆっくりおりてきてね」

みんなを見《み》あげていいました。

「うん、じゅんばんにおりるよ」

はしごからおちないように、みんなでおたがいを見《み》まもります。ぜんいんが、じめんにおりたつと、

「みんな、こっちだよ」

さきにおりていたここちゃんが、声《こえ》をかけました。

みんないっせいに、ふりむきました。

そこには、赤《あか》やピンクにきいろの花《はな》がならんでいます。

「チューリップのお花畑《はなばたけ》だ」

みんなのおどろく声《こえ》と笑《わら》う声《こえ》が、ゆかの下《した》いっぱいにひろがりました。

おおかわ・いこ
姫路市在住。日本児童文芸家協会会員。「ゆかの下で」で神戸新聞文芸入選。「お兄ちゃんのこしパン」で伊丹市立女性・児童センター第31回テレホン童話入選。

ふしぎなより道《みち》

赤木　きよみ

「うふふ」

あやは、スキップをしてあるいていました。ピアノの先生《せんせい》にほめられたのです。

「よくれんしゅうしたわね。ひとつもまちがえなかったよ」

ごほうびに、チョコレートも、もらいました。

「ふふ、ふふ」

あやは、ごきげんです。

先生《せんせい》の家《いえ》から、あやのマンションまでは、大《おお》きな道《みち》をまっすぐ行《い》くだけです。きょうは、もっとあるいていたいきぶん。ふと、いいことを思《おも》いつきました。

絵・寺田翔太朗

「そうだ。より道《みち》してかえろう！」

あやはコンビニのよこの道《みち》をまがってみました。

はじめての道《みち》です。大《おお》きな古《ふる》い家《いえ》がならんでいます。

ふいに、あやのあたまの上《うえ》で、青《あお》いものがひらりとゆれました。

「うわ、こんなに大《おお》きなこいのぼり、見《み》たことないよ！」

大《おお》きな家《いえ》の庭《にわ》に、二《に》かいのやねより高《たか》いぼうが立《た》っていて、色《いろ》とりどりのふきながしと、青《あお》と赤《あか》のこいのぼりがおよいでいました。あやは、立《た》ちどまって見上《みあ》げました。

「すっごーい、大《だい》はっけん」

より道《みち》したから見《み》つけられたこいのぼりです。こいのぼりは、きもちよさそうに、ふーわふーわとゆれています。じっと見《み》ていると、青《あお》いこいのぼりと目《め》が合《あ》いました。

「ぱちん」

こいのぼりが、あやにウインクをしました。

「ひゃ、ウインクした！」

あやは、びっくりしてはしりだしました。あやのうしろで、こいのぼりがひらひらとゆれています。あやに、バイバイをしているようでした。

「ふふふ、ふしぎなこいのぼりだったな。つぎはどんな道《みち》かな？　たのしみ」

あやは、次《つぎ》の角《かど》でどちらにまがるか、かんがえました。

「くつをけって、さきっぽがむかったほうに行《い》こう」

えいと、右《みぎ》あしのくつをぬいでけりました。くつは右《みぎ》のほうをむいて、ぽとんとおちました。

「じゃ、こっちにまがりまーす」

こんどは、ほそい道《みち》です。まがってすぐに、ポストがありました。古《ふる》い形《かたち》の赤《あか》いポスト。絵本《えほん》で見《み》たことがある形《かたち》です。

「うっわ、いいな。こんなポストに、おばあちゃんへのお手紙《てがみ》を、いれたいな」

あやが、ポストにふれたときです。

「お手紙《てがみ》、もってきてね」

ポストが、言《い》いました。

「きゃー、ポストがしゃべった」

あやは、またはしりだしました。ポストの次《つぎ》の角《かど》をまがると、原《はら》っぱになっていました。

「わ、こんなところに原《はら》っぱがある」

小《ちい》さなベンチがひとつだけ、おいてあります。原《はら》っぱのはしっこに、ピンク色《いろ》のお花《はな》がいっぱい咲《さ》いていました。

「これ、知《し》ってる。つつじだ」

つつじは近《ちか》くの公園《こうえん》にもあります。前《まえ》にママにおしえてもらったから、知《し》っていました。

「つつじって、ラッパみたいな形《かたち》なんだよね」

あやが、つつじに近《ちか》づいたときです。

タンタカタンタンター♪

つつじの花《はな》が、とつぜん音《おと》をだしました。

たくさんのつつじがいろんな音《おと》で、えんそうをはじめたのです。

「すてき！　つつじのオーケストラ！」

つつじの花《はな》たちは、風《かぜ》にゆれながら、小《ちい》さな音《おと》で、きれいなメロディーをかなでました。

「あ、このきょく！」

きょう、ピアノの先生《せんせい》からほめてもらったきょくです。

「わたしも、ひけるんだよ」

あやは、つつじの前《まえ》で、ピアノをひくように、ゆびをうごかしました。

「つつじさん、じょうず」

音楽《おんがく》がおわると、あやは、つつじにむかって、はくしゅをしました。

「もうすこしだけ、より道《みち》して、かえろう」

あやは、原《はら》っぱをでました。


あやの目《め》の前《まえ》を、いっぴきのネコがのたりのたりと、あるいていました。ねずみ色《いろ》の毛《け》の大《おお》きなネコ。くびに赤《あか》いバンダナをまいています。あやは、ネコのあとをあるいて行《い》きました。

「ふふ、たんていみたい」

ネコは、いけがきのすきまから、古《ふる》い家《いえ》の庭《にわ》の中《なか》にするりと、はいりました。

「いなくなっちゃった」

あやは、もうかえろうと思《おも》い、まわりを見《み》まわしました。来《き》たことのない、知《し》らない町《まち》です。くるまも、じてんしゃも、人《ひと》もあるいていません。

「あれ、どうやってここまできたんだっけ？」

あやは、どこにいるのかわからなくなってしまいました。

「わあ、まいごになったかも」

あやの目《め》から、なみだがひとつでたときです。いけがきの中《なか》から、さっきのネコがでてきました。のたりのたりと、あるきながら、あやの前《まえ》にきたネコは、かおをあげると、

「おいで」

といって、あるきだしました。

「うわ、ネコもしゃべった！」

あやは、ネコについてあるきだしました。ネコはせまいろじもおかまいなしにとおります。あやは、からだをよこにして、カニあるきでついていきます。

いろんな道《みち》を、なんどもくねくねとまがるので、

「わあ、ほんとにまいごになっちゃう」

と、あやが思《おも》ったときです。

ネコがとまって、ふわぁとあくびをしながら、右《みぎ》あしで前《まえ》をさしました。

その方向《ほうこう》を見《み》ると、あやのマンションが見《み》えたのです。

「やったー、かえれたー」

あやが、ほっとしてネコを見《み》ると、ネコはしっぽをゆらしながら、どこかにあるいて行《い》ってしまいました。

マンションの前《まえ》では、ママがまっていました。

「ピアノほめてもらったよ」

「そう、よかったわね」

ママは、あやをぎゅっとだきしめてくれました。

より道《みち》のことは、ママにはひみつです。でも、いつかおしえてあげようかな、とちょっと思《おも》っています。

あかぎ・きよみ
大阪市生まれ。武庫川女子大卒業。日本児童文芸家協会会員。児童文学創作集団「プレアデス」同人。つばさ賞コンクール、童話の花束コンクールなどで入選。高槻市在住。

おばけ？　じゃあないよ

かねこかずこ

コハがリビングのソファで、いねむりをしていると、ママがさけんだ。丸《まる》めた新聞紙《しんぶんし》をにぎりしめた顔《かお》がこわい。

「ネズミよ、コハはネコなんだから、つかまえて。おねがい」

ネコだからネズミをつかまえてと、いわれても……。

にゃ、にゃ〜ん？

「コハは赤《あか》ちゃんの時《とき》からいっしょだから、じぶんのこと、ネコって思《おも》ってないのよね」

ママやパパ、妹《いもうと》のあや奈《な》は、人間《にんげん》というもので、おれとはちがうのは、わかっているけど。

ママは、かべぎわのテーブルに、パパが『端午《たんご》の節句《せっく》』だからとかざっているかぶとを

絵・杉本峰治

指《ゆび》さして、なきそうな顔《かお》をする。すきまから、ミミズみたいなのがはみだしているから。

コハは、庭《にわ》で砂《すな》あそびをしている時《とき》に、ミミズを見《み》たことがあった。あや奈《な》は平気《へいき》でミミズをつかまえていたが、コハは、ちょっと気味《きみ》がわるくてさわれなかった。でも、ママの助《たす》けてというような目《め》にしかたなく、テーブルにとび上《あ》がって、そっとさわってみる。

ミミズみたいなのは、ピクッとうごいて、かぶとのなかにするりとはいってしまった。

ママが息《いき》をつめて、りょう手《て》でそっとかぶとをもち上《あ》げる。

いない、なにもいない。

「へんね、まっ、いいかっ」

大《おお》きく息《いき》をはくと、せんたくものをとりこむといって、庭《にわ》へでていってしまった。

コハはかぶとから目《め》がはなせない。なにかへんだ。見《み》つめていると、もわっとした光《ひかり》が、かたまりになってながれでた。

光《ひかり》のかたまりは、コハの鼻《はな》さきでふわふわとういていたが、ポワンとはじけて、小《ちい》さいおとこのこがあらわれた。

「うわっ、おばけ!」

背中《せなか》の毛《け》をさかだてる。

「おばけ？　じゃあないよ。失礼《しつれい》だな」

そのこが、口《くち》をとがらせた。

「ネコのことば、わかるの？」

コハが、おそるおそるたずねると、おとこのこは、おしりをぽんとたたいてみせた。

「りっぱなしっぽだろ。ぼくは、ようせいのポポ・ロロ。なんだってわかるさ」

コハはちょっと安心《あんしん》した。

「ママが、ネズミのしっぽだって、いってたぞ。しっぽなら、おれのほうがりっぱだぜ」

コハのしっぽはまっ黒《くろ》で、ふわふわの毛《け》。とても長《なが》い。バサバサとゆらしてみせる。

「まっ、しっぽったって、いろいろさ。森《もり》の大《おお》きな木《き》にすんでいる、こどもようせいの中《なか》では、一《いち》ばん、りっぱなんだよ」

ポポ・ロロはあごをつんと上《あ》げて、ほこらしそうにいう。

「ほんとかなぁ」

コハが、ポポ・ロロのしっぽを、ちょんちょんとつつく。

「まあ、妹《いもうと》のポポ・ミミのほうが、ちょっとだけ長《なが》いかな」

「あや奈《な》のほうが強《つよ》い、かな」

ひとりと一匹《いっぴき》は、肩《かた》をすくめて顔《かお》を見《み》あわせた。

コハは、首《くび》をかしげた。

「ネコともしゃべれるんだ。おれも、あや奈《な》としゃべりたい」

「ホンヤクキノウだね」

「ホンヤクキノウ？」

「翻訳《ほんやく》は、ほかのことばに変《か》えること。じゅもんをかけると」

ポポ・ロロが、じゅもんをとなえる。

ポポポ・ホンヤ～ク
ポポポ・ホンヤ～ク
「しゃべってみて」

と、にっこりわらった。

コハがしゃべりかけると、

「かわいいお人形《にんぎょう》」

いきなり、学校《がっこう》からかえってきたあや奈《な》が、ポポ・ロロをつかんで顔《かお》のまえへもち上《あ》げた。

ポポ・ロロが「助《たす》けてぇ」と悲鳴《ひめい》をあげる。

「わっ、おばけ！」

あや奈《な》が、ほうり投《な》げた。

コハは床《ゆか》へとび下《お》りて、ポポ・ロロの真下《ました》でごろり。

コハのおなかでキャッチされたポポ・ロロは、毛《け》にうずくまって、あや奈《な》をうらめしそうに見上《みあ》げる。

「おばけ、じゃあないよ」

いったのは、コハ。

「えっ、コハがしゃべった」

あや奈《な》がコハを、だき上《あ》げて、ぐいぐいとゆらす。

「やめて～」

コハと、コハのおなかにしがみついたポポ・ロロがさけぶ。

「しっぽのあるおばけだけでもびっくりなのに、コハがしゃべったんだもん。ごめんね」

あや奈《な》はひとりと一匹《いっぴき》を、そっと床《ゆか》におろした。コハは、ポポ・ロロが、ようせいで、人間《にんげん》のことばをはなせるようにしてくれたと説明《せつめい》をした。

「わたしは、ネコ語《ご》、しゃべりたい。ねっ、ようせいさん」

あや奈《な》が、おねがいというように、顔《かお》のまえで手《て》をあわせる。

ポポ・ロロが、じゅもんをとなえはじめると、窓《まど》の外《そと》で、

「だめっ」

と、大《おお》きな声《こえ》がした。

「ポポ・ミミ」

ポポ・ロロが目《め》をまるくして見《み》ているのは、窓《まど》わくに立《た》っている小《ちい》さいおんなのこ。

「お兄《にい》ちゃん、あそびにいったままで、心配《しんぱい》してたんだよ」

「妹《いもうと》？」

コハとあや奈《な》が声《こえ》をそろえていった。ポポ・ロロがこっくりとうなずく。

「じゅもんをかけちゃ、だめって、いつも、いわれてるよね」

「おれが、たのんだから」

いいえ、ポポ・ミミは、あわてて首《くび》をふると、窓《まど》わくからストンととび下《お》りた。

「兄《あに》が、おせわになりました」

ぺこりとおじぎをして、ポポ・ロロの手《て》をにぎる。

ポポポ・キエヒ～カ
ポポポ・キエヒ～カ
にこっとわらったふたりは、消《き》えて光《ひかり》のかたまりになった。

「バイバイ、またね」

聞《き》こえたけれど、風《かぜ》かな。

「シャボン玉《だま》みたいだったね」

あや奈《な》が青《あお》い空《そら》を見上《みあ》げる。

「ようせいって、どこにすんでいるの？」

にゃう、にゃ～、みゅ
コハは『森《もり》の大《おお》きな木《き》』って、こたえたつもり。でも、じゅもんがとけていた。

「ふーん、森《もり》の大《おお》きな木《き》って、どこにあるのかしら」

あや奈《な》はいつだって、コハのことばはわかっている。

『お宮《みや》の森《もり》かもしれないぜ。さがしにいこうよ』

「おやつ、たべたらね」

あや奈《な》がにっこり。コハは、しっぽをパタパタ。

かねこ・かずこ

日本児童文学者協会会員。「花」同人。著書に「ペンキやさんの青い空」(文化出版局)「ぼくらの空きカン回収作戦」「補欠の逆転ホームラン」(文研出版)ほか。

パパはプリンアラモード

くどう ようこ

「はい、ルナ、おみやげ」

パパが白《しろ》いはこを上《あ》げて、にこっとわらった。

「あっ、プリンだ！」

中《なか》には、おいしそうなクリーム色《いろ》のカスタードプリンが、六《むっ》つならんでいた。

夕《ゆう》ごはんのあと、パパはプリンを一《ひと》つ、ぺろっとたいらげて、

「うまい！　でも、このプリンはちょっと小《ちい》さいね」

と、あっというまに、二《ふた》つめもたべてしまった。

ルナはプリンがすきだ。だけどパパは、もっともっとプリンが大《だい》すきだ。

絵・野村洋史

でも、どうしてだろう。時《とき》どき、それがひみつみたいなんだ。

このあいだも、パパと「のどがかわいたね」ってカフェに入《はい》ったのに、パパはいすにすわると、すぐにいった。

「ルナ、プリンアラモードだね」

ウエイトレスさんは、にこっとルナにわらいかけると、パパのほうをみた。

「こちらのおきゃくさまは？」

「えっ、ああ、あの……」

パパは、少《すこ》しあかくなった。

「ミックスジュース！」

ルナがいうと、パパはだまってうなずいた。

しばらくすると、ルナのまえには、たっぷりのクリームとチェリーやバナナでかざられたプリンアラモード、パパのまえには、あわのたったミックスジュースが、はこばれてきた。

ウエイトレスさんがいってしまうと、ルナはぱっととりかえっこした。

「はい、どうぞ」

「そうか、じゃあいただきます」

パパは、かみナプキンにつつまれたスプーンをぎゅっとひきぬいて、さっさかプリンアラモードをたべだした。

ルナはそんなとき、パパ、「ぼくは、プリンアラモード」って、はっきりいえばいいのにとおもう。プリンの大《だい》すきなおとながいたって、ちっともかまわないのに。


もうじき父《ちち》の日《ひ》だ。ことしはルナも三年生《さんねんせい》。母《はは》の日《ひ》にはカレーを作《つく》った。ママは、とてもよろこんでくれたし、パパもすごくびっくりしてほめてくれた。父《ちち》の日《ひ》にも、こっそりなにか作《つく》っておどろかせよう。

その時《とき》、ぱっとひらめいた。

『プリンアラモード』

ルナは、おかし作《づく》りの本《ほん》をさがした。

いよいよ父《ちち》の日《ひ》、ママはひるから、かいものに行《い》った。

さあ、プリン作《づく》りだ！

たまごをポンポンポンポンと、三《みっ》つわる。さいごの一《ひと》つが、つるんとゆかにとび出《だ》したから、四《よっ》つめもわる。ミルクとさとうをはかって、なべに入《い》れて、バニラエッセンスを、ポトポトッ。

うーん、いいにおい！

サービスして、もう二《に》てき。

それから、とろとろ火《ひ》にかける。つぎはカラメルソースだ。べつのなべに、さとうと水《みず》を入《い》れて木《き》べらでまぜると、ぐつぐつ大《おお》きなあわがもり上《あ》がってきて、あっというまに、ちゃいろくなった。

「いいにおいだな」

パパがひょこっと、キッチンにかおを出《だ》した。

「まだ来《き》ちゃダメ！」

ルナはパパのせなかをおしておい出《だ》した。

いよいよ、カラメルソースの上《うえ》に、プリンえきをながしこむ。まざらないように、そっとそっと。それから、ゆげの立《た》つむしきの中《なか》に入《い》れる。ゆびがむしきのふちにあたって、おもわずドンと落《お》としてしまう。

よかった、セーフ！

少《すこ》し、とびちっただけだ。

ふきんをのせて、ふたをする。

しばらくすると、タイマーがなった。むしきのふたを取《と》ると、

「やったーっ」

ぽつぽつ、あながあいているけれど、かたまっている！

どんぶり入《い》り、特大《とくだい》プリンのできあがりだ！

ルナは大《おお》ざらの上《うえ》で、エイッと、どんぶりをさかさにした。

プリンはぼわーんと、おさらいっぱいにひろがった。

なまクリームや、イチゴや、キウイをかざると、まるでバースデイケーキのようだ。

できた！


「お待《ま》たせしました。ルナ特《とく》せいのプリンアラモード！」

ほんとうは、ママにも見《み》せたいけれど、パパはきっと待《ま》ちきれない。それに、早《はや》くたべさせてあげたい。

ルナがおさらをテーブルにおくと、どんぶりで作《つく》った特大《とくだい》プリンが、ぶるんとゆれた。

「うわっ、すっごいプリンだな」

パパを、おどろかせるの、大《だい》せいこう！

「どうぞ、めしあがれ」

ルナはカレー用《よう》のスプーンをさし出《だ》した。

「うん、おいしい！」

一口《ひとくち》たべて、パパがいった。

ルナはほっとした。あじみができないから、ほんとうはすごくしんぱいだったんだ。

しばらくして、パパがいった。

「ルナもいっしょに、どうだい」

「いいの、えんりょしないで。パパのために、作《つく》ったんだから」

まだ、いっぱいのこっている。

ルナはにこにこして、テーブルにほおづえをついた。

また三口《みくち》ほどたべて、パパがいった。

「少《すこ》しあじみしてごらんよ。おいしいぞ」

「よかった！　パパに思《おも》いっきりプリンをたべてほしかったの。だから、ぜんぶパパがたべて」

パパは、ちょっとわらうと、ぎゅっとスプーンをにぎりなおして、たべはじめた。

ガバッガバッと、口《くち》にいれていく。パパって、ほんとうにプリンがすきなんだ。

さいごの一口《ひとくち》をたべかけたとき、ママがかいものからかえってきた。

「おかえりなさい。あのね、ママ、きょうは父《ちち》の日《ひ》でしょう」

かけよったルナに、ママは、

「だから、はい、おみやげ」

と、大《おお》きなはこを見《み》せた。

「フランス屋《や》のプリンよ。ふんぱつしてL《エル》サイズ、十《じっ》こ！」

ルナは目《め》をまるくした。

「なあんだ。ママもおんなじきもちだったんだ。だけどルナのほうが大《おお》きいよ。それにプリンアラモードだもん。ね、パパ」

「う、うん」

「よかったね、パパ、まだいっぱいたべられるよ」

口《くち》をあんぐり開《あ》けたパパの手《て》から、カレー用《よう》のスプーンがカランところがりおちた。

くどう・ようこ

神戸市中央区生まれ、同区在住。日本児童文学者協会会員。「花」同人。「マークの森」で第3回日本動物文学賞優秀賞を受賞。おはなしの森では、「スーパジャマン」ほか。

なつの森《もり》

たもれの王子《おうじ》

森くま堂

ケロケロケケロ、今朝《けさ》もカエルの国《くに》では大合唱《だいがっしょう》がはじまります。

ワニ大臣《だいじん》がズルーペタ、ズルーペタと、太《ふと》いしっぽをひきずって、お城《しろ》にやってきました。

「まってたぞ。あそんでたもれ」

ぴょんと、いつものように目《め》の前《まえ》にはね出《で》たのはケロ王子《おうじ》。

が、大臣《だいじん》は、はれ上《あ》がったホッペをおさえ、よわよわしい声《こえ》でやっとこさ言《い》ったのです。

「きのうから、歯《は》が痛《いた》くて、痛《いた》くて」

やさしいロロ王妃《おうひ》さまが、「それはたいへん」と、大臣《だいじん》のホッペに白《しろ》い湿布《しっぷ》をペタンと

絵・藤田年男

はりました。

「少《すこ》しはらくになったかえ？」

「はい、ひんやりといい気《き》もちです」

「今日《きょう》は王子《おうじ》とあそばずともよい。ゆっくり休《やす》みなさい」

ゲコ王《おう》さまも心配《しんぱい》そうに、玉座《ぎょくざ》からおりてきました。

「腹《はら》はへっておらぬのか？」

ここぞとばかり、鼻《はな》をならして、大臣《だいじん》のあまえることといったらありません。

「かめぬゆえ〜、ぺこぺこです」

王《おう》さまは、とんがった巨大《きょだい》な歯《は》の間《あいだ》から、そうっとジュースのストローをさしこんでやりました。そばに立《た》っている王子《おうじ》を横目《よこめ》に見《み》て、大臣《だいじん》はチュチュッチュー。

だれもかれもが大臣《だいじん》にやさしく、ちやほや、ちやほやしました。

そのようすをながめていたケロ王子《おうじ》。うらやましくてたまらなくなりました。

痛《いた》いのはまっぴらごめん。でも、ちやほやしてもらうのは大好《だいす》きです。

わかったぞ。あの白《しろ》いのをペタンとしたら、みんながやさしくしてくれるのだ。

そう思《おも》うと、がまんができない王子《おうじ》です。じだんだをふんでさけびました。

「わたしにも、はってたもれ～」

王子《おうじ》に湿布《しっぷ》？　大臣《だいじん》は大反対《だいはんたい》。

「痛《いた》くないと、はれませぬぞ」

しかし、王子《おうじ》は「はってたもれ～」と、いつまでも聞《き》きわけがありません。

王妃《おうひ》さまはしかたなく、やわらかな緑《みどり》のホッペにもペタリと湿布《しっぷ》をはりました。

ジュースも、チューーっとのませてやりました。


王子《おうじ》は大《おお》いばりで庭《にわ》に出《で》ました。城壁《じょうへき》にとまったスズメに、ホッペの湿布《しっぷ》を指《ゆび》さします。

「これ、なあんだ？」

「チュンチュンチュン」

「わたしに、やさしくするのをゆるす。ちやほやしてたもれ」

「チュッ」と、スズメは王子《おうじ》にフンをかけ飛《と》んでいきました。

「まったく、バカなスズメだ」

王子《おうじ》はぷんすか。

つぎにかけよったのは、門《もん》を守《まも》って立《た》つ家来《けらい》たちのところ。

「おい、これが何《なに》かわかるか?」

「湿布《しっぷ》でございます」

「どう思《おも》う?」

「ホッペが痛《いた》いのだと思《おも》います」

「そうではなくて……」

「……ではなく? ……はやくよくなったらいいなあと……」

「ちがう、ちがう。そちらはどうするべきかと、わたしは聞《き》きたいのじゃ」

「王子《おうじ》さまの元気《げんき》がでるのなら、なんでもするべきと思《おも》います」

またいつものわがままかと、家来《けらい》たちはげんなりしてこたえました。

が、王子《おうじ》はそんなことおかまいなしに、にんまり。

(湿布《しっぷ》の力《ちから》はすごい。こやつらも、わたしをたいせつにしようと思《おも》うておるぞ)

するとそのとき、城壁《じょうへき》の外《そと》から王子《おうじ》の友《とも》だち、トカゲのチョロ姫《ひめ》が走《はし》ってきました。

「猫《ねこ》にシッポをちぎられた〜」

泣《な》き声《ごえ》に、びっくりしたのは家来《けらい》たち。大急《おおいそ》ぎで姫《ひめ》を中《なか》に運《はこ》びます。

さっそく、カメレオンのシタノビール先生《せんせい》がよばれました。

先生《せんせい》は七色《なないろ》に体《からだ》をそめながら、姫《ひめ》のしっぽにクルクルッと包帯《ほうたい》を巻《ま》きつけました。

「だいじょうぶ。だいじょうぶ。じきにはえてきますぞ」

王《おう》さまも王妃《おうひ》さまも、ほっと胸《むね》をなでおろし、

「プリンでもたべる？」

「おもしろい話《はなし》をしてあげよう」

だれもかれもが姫《ひめ》をちやほや　ちやほや。

またもや王子《おうじ》の目《め》に、白《しろ》い包帯《ほうたい》がどんな宝石《ほうせき》よりすてきに見《み》えはじめたのです。

王子《おうじ》は、「わたしも、しっぽをちぎられた〜」と、さけびだしました。

「王子《おうじ》にシッポはありませぬぞ」

ワニ大臣《だいじん》がいくらさとしても、「クルクルしてたもれ」と泣《な》くばかり。

先生《せんせい》はしかたなく、緑《みどり》のおしりに包帯《ほうたい》を巻《ま》いてやりました。

やれやれとため息《いき》をついたシタノビール先生《せんせい》でしたが、ふと、大臣《だいじん》の湿布《しっぷ》に目《め》をとめました。

「おや？　いかがなされたかな？」

「きのうから、痛《いた》くて痛《いた》くてたまりません」

「どれどれ？　う〜む」

先生《せんせい》は、大臣《だいじん》の洞穴《ほらあな》のような口《くち》に頭《あたま》をつっこんで、

「虫歯《むしば》じゃ……。もっと大《おお》きく口《くち》をあけなさい」

と言《い》うが早《はや》いか、シュルっと舌《した》をのばして……。

そして素早《すばや》く痛《いた》い歯《は》にまきつけ、スッポーン。

その間《あいだ》にチョロ姫《ひめ》のシッポもむくむく生《は》えてきて、青光《あおびか》りのするりっぱなシッポになりました。

「これはめでたい」

王《おう》さまは大《おお》よろこびで、ぴょんぴょんぴょんぴょん。

しとしとと、雨《あめ》もふってきました。

「なんていい天気《てんき》なんだ。みんなでピクニックに行《い》くとしよう」

みんなは大《おお》よろこびです。

ところが困《こま》ったことに、シタノビール先生《せんせい》が、王子《おうじ》の湿布《しっぷ》もみつけてしまったのでした。

「王子《おうじ》さまも、虫歯《むしば》をぬきましょうぞ」

「いやじゃ。いやじゃ」

「ええい、ききわけのない。ぬかぬと、ピクニックにつれて行《い》けぬではありませぬか」

「いやじゃ、ぬかぬ」

本当《ほんとう》のところ、王子《おうじ》に、はなから歯《は》はありません。だから虫歯《むしば》もないのです。

けれど、人一倍《ひといちばい》のいじっぱり。今《いま》さらウソだと言《い》えません。

王《おう》さまは「王子《おうじ》は城《しろ》にいなさい」と、ひどくおかんむり。

ピクニックは、カンデン池《いけ》まで出《で》かけます。

王子《おうじ》のほかは、みんな元気《げんき》にゴツゴツした大臣《だいじん》の背中《せなか》にとびのりました。おにぎり、卵《たまご》焼《や》き、カップケーキにチョコレート、大好《だいす》きなものをどっさり持《も》って、さあ出発《しゅっぱつ》！

♪ゲコゲコゲロゲロ楽《たの》しいな　雨雨雨雨《あめあめあめあめ》いい天気《てんき》
さて、王子《おうじ》は、王《おう》さまに言《い》われたとおりにおるすばんでしょうか。

いえいえ、じっと耳《みみ》をすませば聞《き》こえてきますよ。大臣《だいじん》のしっぽの先《さき》から、だれかさんのかすかな歌声《うたごえ》が……しとしとと、雨音《あまおと》にまぎれながらね。

♪たもれ～行《い》っちゃうもんたもれ～おにぎり～卵焼《たまごや》き～カップケーキ～チョコレート～

たべたいたべたいたべさせてたもれ〜
雨《あめ》もじゃんじゃんふってきて、カエルの国《くに》はますますピクニック日《び》よりです。
ゲコゲコゲロゲロいい天気《てんき》。

もりくまどう
加東市在住。日本児童文学者協会会員。日本児童文芸家協会会員。第9回絵本テキスト大賞受賞。第17回創作コンクールつばさ賞優秀賞受賞。「ワニと猫とかっぱ それから…」に参加、第3回児童ペン賞童話集企画賞受賞。共著に「おはなしの森」（神戸新聞総合出版センター）。

楽《たの》しい夏《なつ》の思《おも》い出《で》は

中山　みどり

花《はな》の木《き》団地口《だんちぐち》バス停《てい》そばに、センダンの大木《たいぼく》が目《め》じるしのちょっとふしぎな魚屋《さかなや》がある。

はいたつのれいぞうトラックをだれも見《み》たことがないけど、かべいちめんのれいぞうこに入《はい》るサイズの魚《さかな》なら、だいたい出《で》てくるらしい。

センダンのうすむらさきの花《はな》があまいかおりをただよわせる午後《ごご》。

魚屋《さかなや》では白《しろ》いぼうしに白《しろ》いつなぎのおじいさんと花《はな》がらエプロンのおばあさんがはたらいている。

「ばあちゃん、お茶《ちゃ》にしよか」

絵・杉本峰治

三毛《みけ》、茶《ちゃ》トラ、黒《くろ》トラ、三《さん》びきのねこの親子《おやこ》がおじいさんについて行《い》く。

おばあさんはそれを見《み》ながら、しずかにふかいためいきをついた。

となり町《まち》に住《す》むむすこに、しんちくの家《いえ》をゆっくり見《み》に来《き》てほしいと言《い》われていたし、おいわいもとどけたかった。

むすこの大切《たいせつ》な、ぴかぴかの家《いえ》に、ねこ三《さん》びきと行《い》くのはむり。

あずけ先《さき》も考《かんが》えつかない。

「おじいさん、ねこたちどないしたもんやろ」

「そやなあ、まだ二《に》カ月《げつ》ほどあるよって、ぼちぼち考《かんが》えたらええ」

おじいさんは、しんぱいそうに見《み》つめる三毛《みけ》ねこに笑《わら》いかける。

「あと二《に》カ月《げつ》しか、あらしませんのやで」

おばあさんのしんぱいは、どんどん大《おお》きくなる。

二《に》ひきのこねこが、ちびたほうきを引《ひ》っぱっているのを、ぼんやり見《み》ていたおじいさんは、お皿《さら》のくずもちを落《お》としかけた。

「ばあちゃん、ねこたちは今日《きょう》にでも魔女《まじょ》さんと黒《くろ》ねこさんにおたのみしよう」

「ほんまや、あずけて一番《いちばん》あんしんでけますわな、夕方《ゆうがた》には来《き》はるやろ、おじいさんが大《おお》きなエビ二《に》ひき、のけときはりましたもんなあ」

　おばあさんがえがおになった。


　かきねのアサガオがさいた朝《あさ》、魚屋《さかなや》にはり紙《がみ》がしてあった。

〈今月《こんげつ》は夏休《なつやす》みをいただきます〉

　おかの上《うえ》の赤《あか》いとんがりやねの家《いえ》で、魔女《まじょ》と黒《くろ》いねこは、三《さん》びきのねこの親子《おやこ》に、よいかおりの薬草《やくそう》を入《い》れた、タイの形《かたち》のまくらをわたした。


『夏《なつ》はかいすいよくだ』

　にぎやかな海《うみ》で泳《およ》いでみたかった黒《くろ》いねこは、魔女《まじょ》に魚《さかな》もようの水着《みずぎ》を四《よん》まい作《つく》ってもらった。水着《みずぎ》をきたねこたちに、魔女《まじょ》がじゅもんをかける。

「コムコムチルル」

「よし、だれが見《み》ても人間《にんげん》に見《み》えるわ。水着《みずぎ》をぬいではだめよ、ただのへんなねこになるから」

海辺《うみべ》はデッキチェアがならんで人《ひと》だらけ。

三毛《みけ》ねこだった、きれいな女《おんな》の人《ひと》と手《て》をつないで、二《に》ひきの子《こ》ねこだった男《おとこ》の子《こ》は、波《なみ》におおはしゃぎ。

日《ひ》にやけた男子《だんし》に見《み》える黒《くろ》いねこは、あこがれのとびこみ台《だい》から、ざっぶん。

そのとき大波《おおなみ》が、黒《くろ》いねこの水着《みずぎ》パンツをもって行《い》った。

日《ひ》にやけた男子《だんし》がういてくるのをまっていた人《ひと》たちは、黒《くろ》いねこが水中《すいちゅう》からとび出《だ》すのを見《み》た。

「なんで、黒《くろ》ねこがいるの」

「日《ひ》やけ男子《だんし》は、どこ？」

さわぎを聞《き》いた三毛《みけ》ねこは、もぐってゆらゆらながれる魚《さかな》もようの水着《みずぎ》をつかむと、子《こ》どもたちをよんだ。

『黒《くろ》ねこさんがピンチなの、ばちゃばちゃ、さわいで』

子《こ》どもたちは水着《みずぎ》をぬぐと、子《こ》ねこになってさわいだ。

「こんどは、ちびねこが二《に》ひきも」

「どこからきたのかしら？」

そのあいだに三毛《みけ》は黒《くろ》いねこに、水着《みずぎ》をわたした。

『ありがとう、たすかった』

黒《くろ》いねこは、いそいで水着《みずぎ》パンツをはくと、水《みず》しぶきをあげてガッツポーズ。

「日《ひ》にやけた男子《だんし》、どれだけもぐってるんよ」

「しんぱいして、そんした」

こっそり水着《みずぎ》をきて、ちびねこは男《おとこ》の子《こ》になった。

「あれ、泳《およ》ぐねこはどこ?」

その日《ひ》の夕方《ゆうがた》、赤《あか》いとんがりやねの家《いえ》のにわで、魚《さかな》もようの小《ちい》さい水着《みずぎ》が風《かぜ》にゆれていた。


まちのぎんざ通《どお》りは夏《なつ》の夜《よる》、屋台《やたい》がならぶ。

魔女《まじょ》は、にぎやかな屋台《やたい》を二《に》ひきの子《こ》ねこに見《み》せてやろうと、水輪《みずわ》もようのゆかたを着《き》せた。

「げたをぬいじゃだめよ」

『わかった、海水《かいすい》パンツと、いっしょだね』

二《に》ひきがうれしそうに、魔女《まじょ》の耳《みみ》のそばで言《い》った。

かたかた、からから、かたかた、げたの音《おと》をひびかせて屋台《やたい》をのぞく。

コイつかみの店《みせ》だ。

赤《あか》や白《しろ》の小《ちい》さいコイが、すいすい泳《およ》ぐ。

「片手《かたて》で一分《いっぷん》、つかんだだけもってかえれる」

二《に》ひきが、魔女《まじょ》を見上《みあ》げる。

「おじさん、この子《こ》たちに、やらせて」

「ちんまいのが、二人《ふたり》か」

魔女《まじょ》はおびのあいだから、ガマ口《ぐち》をひっぱり出《だ》す。

「ねんしょうさんだから三分《さんぷん》ね。三回分《さんかいぶん》はらうから」

二《に》ひきは水《すい》そうにくっついて、わくわく。

「片手《かたて》でつかむんやで、両手《りょうて》はあかん」

おじさんはあたまの手《て》ぬぐいを、ぎゅっとしめなおした。

かしゃ、かしゃ、びょうをきざむ音《おと》が聞《き》こえる。

二《に》ひきは、むちゅうでつかむ。

本当《ほんとう》はねこだから、そのすばやいこと、さっとすくってはバケツに、ぽちゃん、ぽちゃん。

さっ、ぽちゃん、ぽちゃん。

おじさんが青《あお》ざめていく。

三分後《さんぷんご》、水《すい》そうはからっぽで、コイの入《はい》ったバケツが、ずらりとならんだ。

コイつかみのおじさんは、声《こえ》も出《で》ない。

コイをぜんぶわたしてしまったら今夜《こんや》のしょうばいは、ここまで。

まだ、かせいでないのに。

『たのしかったねぇー。よかったねえ』

こねこだった男《おとこ》の子《こ》は、はねまわっておおよろこび。

魔女《まじょ》はおかしいのをがまんして言《い》った。

「二《に》ひきくださいな。のこりはもどしますね」

おじさんの白《しろ》いかおが、ほんのり赤《あか》くなった。

白黒《しろくろ》ぶちのコイと、赤《あか》いコイを、やさしくふくろに入《い》れて、えがおでわたしてくれた。

魔女《まじょ》が屋台《やたい》でかった花火《はなび》で、まいばん花火大会《はなびたいかい》だ。
一《いち》ばんにんきは線香花火《せんこうはなび》。
おわったと思《おも》ったら、つづきがあるのがうれしい。

海《うみ》は泳《およ》ぐ人《ひと》もいなくなって、しずかになった。
魔女《まじょ》のにわに、タマスダレがさきだした。
空《そら》にはいわし雲《ぐも》、赤《あか》トンボもとんでいる。
そんな朝《あさ》、黒《くろ》いねこが三毛《みけ》に言《い》った。
『魚屋《さかなや》さん、こんやおかえりだ』
『子《こ》どもたちの楽《たの》しい夏休《なつやす》みは、きょうでおしまいですね』
魔女《まじょ》の声《こえ》が聞《き》こえる。
「ごちそう作《つく》って、おわかれパーティーやらなきゃ」
黒《くろ》いねこははりきって、ごちそうを作《つく》る。

魔女《まじょ》も三毛《みけ》をじょしゅに、こなだらけになってパイをつつむ。

二《に》ひきの子《こ》ねこは、池《いけ》で泳《およ》ぐ赤《あか》と白黒《しろくろ》ぶちのコイを見《み》ている。

『楽《たの》しかったねぇー』

『おもしろかったねぇー』

おわかれパーティーは、ブドウジュースのかんぱいで始《はじ》まる。

キュウリとケパーのサラダにサーモンのマリネ。

タイの形《かたち》のミートローフ。

デザートは、コイの形《かたち》のパイ、なかみはチェリーとカスタードだ。

おとなはコーヒー、子《こ》どもはミルクをのんだ。


糸《いと》のようにほそい三日月《みかづき》のうかぶ夜《よる》をまって、魔女《まじょ》と黒《くろ》いねこは、三《さん》びきの親子《おやこ》ねこをセンダンの木《き》までおくった。

魚屋《さかなや》のシャッターがはんぶんあけてある。

『魔女《まじょ》のおねえちゃん、黒《くろ》ねこさん、ばいばい、ぼくたちのコイにごはんわすれないでね』

「しんぱいなら、まいにち見《み》に来《き》たら」

魔女《まじょ》はわらってねこたちに、タイの形《かたち》のまくらをもたせた。
三毛《みけ》がおじぎをして、店《みせ》のなかに入《はい》って行《い》く。
『ニャンニャニャ、ニャー』
おじいさんとおばあさんは、はっきりねこたちの声《こえ》を聞《き》いた。
『ただいま。楽《たの》しい楽《たの》しい夏休《なつやす》みだったよ』
今夜《こんや》もねこたちはタイのまくらをかかえて、ゆめを見《み》ている。

なかやま・みどり
西宮市生まれ、同市在住。「こうべ」同人。「アンデルセンのメルヘン大賞」優秀賞、「小さな童話大賞」佳作。共著に「海のトランク」「おはなしの森2・3」。

ぼくのキャッティ

陶山　公子

とうさんはプロ野球《やきゅう》ファン。なかでも「ハヤテファイターズ」が、だいすきだ。

もちろん、てつやもハヤテのファンだ。球団応援《きゅうだんおうえん》の着《き》ぐるみはたくさんあるけど、ハヤテのキャッティが最高《さいこう》にかっこいい。

ホームランがでたときのバクテンはすごい。てつやもまねしたいけど、走《はし》りだしたとたん足《あし》がすくむ。

こんど、とうさんがハヤテのホームグラウンド近《ちか》くの会社《かいしゃ》に変《か》わることになった。

だから、てつやたちも引《ひ》っ越《こ》しだ。

絵・藤田年男

「ハヤテ」と聞《き》いて、てつやはワクワクした。

「転校《てんこう》するし、野球《やきゅう》チームどうする？」

とうさんが聞《き》く。

一年生《いちねんせい》になって、やっといれてもらった少年《しょうねん》野球《やきゅう》チームだ。

「やめる。あっちにもあるよ」

てつやは、ふっと深呼吸《しんこきゅう》した。


新《あた》しいマンションにきてみると、夏休《なつやす》みだというのに、てつやくらいの子《こ》どもはだれも見《み》あたらない。

かあさんは、おばあちゃんのところにいっていない。とうさんは会社《かいしゃ》。

てつやは積《つ》みあげた段《だん》ボールの中《なか》からグローブとボールを取《と》りだして庭《にわ》にでた。

ボールを投《な》げあげ、グローブで受《う》けてみても、ひとりだとおもしろくない。

「おーもしろないっ！」

ボールを高《たか》く投《な》げたときだ。二階《にかい》のカーテンがゆれて、おにいさんがのぞいた。

「オッス！　新入《しんい》りさん？」

とつぜん声《こえ》をかけられ、てつやはあわててうなずいた。

おにいさんは、人指《ひとさ》し指《ゆび》と中指《なかゆび》をおでこにあて、

「よろしくっ」

敬礼《けいれい》をしてカーテンを閉《し》めた。

てつやは、うれしくなって、ボールをなんども投《な》げあげた。


暗《くら》くなってきた。

とうさんもかあさんも、帰《かえ》ってこない。

テレビをつけると、画面《がめん》いっぱいに猫《ねこ》の着《き》ぐるみのキャッティが映《うつ》った。

「ハヤテの試合《しあい》や」

ユニフォームからでている白黒《しろくろ》と金色《きんいろ》の手足《てあし》が、カクテル光線《こうせん》を浴《あ》びてキラキラ輝《かがや》いている。

「すまん。すまん」

とうさんがコンビニの弁当《べんとう》をさげて帰《かえ》ってきた。

「ぼく、キャッティのいる野球場《やきゅうじょう》いきたい」

てつやは、とうさんの腕《うで》にぶらさがった。

「よしっ。まかしとけ」

明日《あした》は日曜日《にちようび》。とうさんはごきげんだ。

よく朝《あさ》、とうさんはおきるなり、

「てつや、キャッチボールやろ」

腕《うで》をまわしている。

てつやは、グローブとボールをつかんで、外《そと》へ飛《と》びだした。

「いくぞ」

とうさんの声《こえ》より早《はや》くボールは、てつやの頭《あたま》を越《こ》していった。

「とどかへんやん！」

てつやは、ボールをさがしてうしろをむいた。とたん、ポンとグローブにボールがなげこまれた。

顔《かお》を上《あ》げると、おにいさんが、笑《わら》いながら、立《た》っていた。

「あっ、二階《にかい》のおにいちゃん」

てつやは、かけより、

「おにいちゃん、ハヤテのキャッティしってる？」

思《おも》わず聞《き》いた。

「おう、しってるよ。あいつのバクテンかっこええやろ」

「ウンウン」

てつやは、力《ちから》をこめてうなずいた。

「ぼく、キャッティのファンやねん」

「おれもやで」

おにいさんは、指《ゆび》でじぶんの鼻《はな》をおさえ、腕時計《うでどけい》を見《み》ると、

「あ、ちこくや」

ぺろっと舌《した》をだした。

おにいさんが行《い》ってしまったあと、とうさんは、さかんに首《くび》をひねっている。

「なんや、見《み》おぼえあるけど、だれやったかなあ」

とうさんがめずらしく早《はや》く帰《かえ》ってきた。

ふうとうをひらひらさせてガッツポーズだ。

「それ、なに」

ふうとうのなかみは、ハヤテの入場切符《にゅうじょうきっぷ》二枚《にまい》。

「やったね、とうさん！」

「ラジオの『リスナープレゼント』に当選《とうせん》したんや。こんどの日曜《にちよう》の券《けん》やで」

「わあ、もうすぐや」


日曜日《にちようび》。

試合《しあい》は、ナイターだ。てつやととうさんは、まだ明《あか》るいうちからスタンドにすわりこんだ。グラウンドの選手《せんしゅ》が小《ちい》さく見《み》える。

「あ、キャッティがでてきた」

てつやは、階段《かいだん》をかけおりた。

「キャッティあくしゅ」

「キャッティあくしゅ」

子《こ》どもたちが、わあっとかけよってバックネットの網《あみ》から手《て》をさしだす。

てつやはおされて、はしのほうからやっと手《て》をだした。

すると、キャッティが、てつやの手《て》を両手《りょうて》で握《にぎ》ってくれる。てつやはびっくりして体《からだ》がふるえた。あまりうれしくて「キャッティ」と、小《ちい》さく呼《よ》べただけだった。

その夜《よる》、てつやは、なかなかねむれなかった。照明《しょうめい》をいっぱい浴《あ》びて、バクテンを繰《く》り返《かえ》すキャッティが、なん度《ど》も目《め》に浮《う》かんできた。

つぎの日《ひ》。お使《つか》いから帰《かえ》ったてつやは、マンションから飛《と》びだしてきた人《ひと》とぶつかりそうになった。

「おっと、ごめんナ……」

二階《にかい》のおにいさんだ。

「おにいちゃん！　ぼ、ぼくな、キャッティと握手《あくしゅ》したんやで」

てつやが、両手《りょうて》をさしだすと、

「こんなふうにか？」

おにいさんは、じぶんの両手《りょうて》で、てつやの手《て》をつつみこんだ。

「ウン、そうそう」

おにいさんは、かぶっていた野球帽《やきゅうぼう》を、てつやの頭《あたま》にのせると、ひょいひょいとバクテンをした。パチンとウインクすると、てつやの頭《あたま》から野球帽《やきゅうぼう》をとって、飛《と》ぶように走《はし》っていった。

てつやは、はっとした。

「キャッティや！」

てつやはおにいさんの後《うし》ろすがたに、思《おも》いきり手《て》をふった。

すやま・きみこ
旧満州生まれ。尼崎市在住。児童文学者協会会員。同人誌「こうべ」同人。作品に「夜のスタジアム」「千帆のファーストキッス」ほか。

うずまきにじ石《せっ》けん

いよく けいこ

ゆっこばあちゃんは、そうじが大《だい》すきです。ぞうきん片手《かたて》に、いつも、家中《いえじゅう》をごしごしふいています。

「きれいになーれ
きれいになーれ」

おもいをこめて、そうじをすませたあとは、庭《にわ》の草花《くさばな》に水《みず》をやります。色《いろ》とりどりにさきほこっている草花《くさばな》に、

「きれいにさいてくれて、ありがとねー」

と歌《うた》いかけると、草花《くさばな》たちがいっせいにゆれるのです。

まっ青《さお》な空《そら》に入道雲《にゅうどうぐも》がわき上《あ》がったある日《ひ》のこと。

絵・撫養和幸

ゆっこばあちゃんは、たなからあたらしい石《せっ》けんを、一《ひと》つとり出《だ》しました。

「やっと、これをつかう日《ひ》がきたよ」

夏《なつ》のはじめにつくった、七色《なないろ》のうずまきもよう入《い》りの石《せっ》けんです。いつも語《かた》りかけてきた、庭《にわ》の草花《くさばな》をつかって、七《なな》つの色《いろ》のもとを作《つく》りました。赤《あか》とむらさきは朝顔《あさがお》から、だいだい色《いろ》はカンナ、黄色《きいろ》はヨモギギク、緑《みどり》はゆずの葉《は》、青《あお》はなすのこい色《いろ》、水色《みずいろ》はなすのうすい色《いろ》です。石《せっ》けんのもとになる白《しろ》い液体《えきたい》にこの色《いろ》のもとをながしこみ、うずまきもようをつくります。

かたまるまで毎日《まいにち》、

「うずまき石《せっ》けんに　なーれ　なれ

みーんな　きれいに　しておくれ」

と歌《うた》を聞《き》かせてきたのです。

石《せっ》けんは、すっかりかたまっています。今《いま》から、この石《せっ》けんで、そうじをすると思《おも》うとわくわくします。

ゆっこばあちゃんは、バケツに水《みず》をそそいで、ぞうきんにうずまき石《せっ》けんをこすりました。

「あわ　あわ　あわわー

うずまいて　出《で》てこーい」

まっ白《しろ》なあわが、ソフトクリームのように、うずまきにもり上《あ》がってきます。

「ほほーっ、うまくいったわ」

ゆっこばあちゃんは、丸《まる》いからだをゆらして、大《おお》よろこび。

「よし、はじめよう」

その時《とき》です。石《せっ》けんが手《て》からすべりおちました。


うずまき石《せっ》けんは、トンコロ、トンコロと、げんかんから外《そと》へころがっていきます。

「これこれ、ちょっとまちなさい」

うずまき石《せっ》けんは、どうろをよこぎって、こうえんに向《む》かいました。セミのなきしきる木々《きぎ》のあいまをぬけて、小道《こみち》のベンチの前《まえ》で止《と》まります。

ベンチは、ジュースののみこぼしやおかしのかすで、よごれていました。

「なぁんだ。そういうことかい」

ゆっこばあちゃんは、にっこりわらって、石《せっ》けんをひろい上《あ》げました。

「ここは、なかなか、そうじのしがいがあるね」

石《せっ》けんを、ぞうきんにこすります。

「あわ　あわ　あわわー
うずまいて　出《で》てこーい」

まっ白《しろ》なあわが、ぐるぐるっと、高《たか》くもり上《あ》がりました。

ゆっこばあちゃんが、ベンチをみがいて、水《みず》をながすと、あわはシュッーときえました。

「ほうら、新《あたら》しくなったよ」

ベンチをかるくたたきます。石《せっ》けんをポケットにしまおうとした時《とき》です。またツルリンとすべりおちました。

「こんどは、どこへ、つれてってくれるんだい」

石《せっ》けんは、トンコロ、トンコロと、小道《こみち》をころがっていき、ブランコの前《まえ》で止《と》まります。

女《おんな》の子《こ》が、ブランコの取《と》り合《あ》いをしています。二人《ふたり》の顔《かお》は、なみだでよごれていました。

ゆっこばあちゃんは、ほおをゆるめました。

「はいはい、けんかはおしまいだよ」

と声《こえ》をはり上《あ》げます。

「あわ　あわ　あわわー
うずまいて　出《で》てこーい」

ないていた子《こ》どもたちがおどろいていると、ゆっこばあちゃんは、二人《ふたり》の顔《かお》をあらいはじめました。まっ白《しろ》なあわが、二人《ふたり》のなみだをけしていきます。

「いいにおいがする」

顔《かお》がかがやきました。

「ごめんね」

「うん。ジャンケンしよう」

二人《ふたり》は、また遊《あそ》び始《はじ》めました。

「さてと、こんどこそ、かえるからね」

それでもうずまき石《せっ》けんは、トンコロ、トンコロところがっていくのです。

ブランコやすべり台《だい》をとおりすぎ、ふん水広場《すいひろば》で止《と》まります。ふん水《すい》で遊《あそ》んでいた子犬《こいぬ》が、どろんこになって、走《はし》り回《まわ》っています。そばで男《おとこ》の子《こ》がこまった顔《かお》をしていました。

「おや、まあまあ」

ゆっこばあちゃんは、ちょっとおどけてみせました。

すっかり小《ちい》さくなった石《せっ》けんを、大切《たいせつ》そうにひろい上《あ》げます。

それから、大《おお》きくいきをすいました。

「あわ　あわ　あわわー
うずまいて　出《で》てこーい」

すると石《せっ》けんは、今《いま》までで一番大《いちばんおお》きなあわのわをかきながら、子犬《こいぬ》のからだを、おおっていきました。

そしてついに、とけてなくなりました。

ゆっこばあちゃんが、子犬《こいぬ》をこすると、灰色《はいいろ》だった毛《け》は、やわらかな茶色《ちゃいろ》にもどりました。

「ほら、さっぱりしただろう」

水《みず》をかけたしゅんかんです。

たくさんのあわが、一《いち》れつにつらなって、らせん状《じょう》に高《たか》く高《たか》くのぼっていきます。

あわのうずは、空《そら》いっぱいに広《ひろ》がったあと、しばらく、ぐるーりぐるりと回《まわ》っていました。

急《きゅう》に、空《そら》がくらくなります。

とつぜん、大《おお》つぶの雨《あめ》がふり出《だ》しました。

「夕立《ゆうだち》だ」

みんな、あわてて、木《き》のかげやたてものに、かくれます。

夕立《ゆうだち》はすぐにやみ、空《そら》はふたたび、真《ま》っ青《さお》にはれわたりました。

「あっ、にじが出《で》てる」

男《おとこ》の子《こ》が、空《そら》をゆびさしました。

ゆっこばあちゃんも見上《みあ》げます。

高《たか》くすんだ空《そら》に、赤《あか》、だいだい、黄色《きいろ》、みどり、水色《みずいろ》、青《あお》、むらさき色《いろ》の七本《ななほん》の線《せん》が、くっきりと大《おお》きな弧《こ》をえがいています。

ゆっこばあちゃんは、すがすがしい声《こえ》で言《い》いました。

「ああ、きもちいいねえ」

あちこちの木々《きぎ》で、セミが大合唱《だいがっしょう》をはじめました。

いよく・けいこ
尼崎市在住。日本児童文芸家協会会員。JPIC読書アドバイザー。兵庫県のじぎく文芸賞最優秀賞。お話し会活動や消費者教育用紙芝居などの制作にも携わる。

あきの森《もり》

はじめてのお客《きゃく》さま

高浜　直子

「山《やま》のまちホテル」のレストラン「コスモス」は、今日《きょう》、開《かい》店《てん》したばかり。

いちばんのりのお客《きゃく》は、男《おとこ》の子《こ》をつれた立派《りっぱ》な紳士《しんし》でした。

その男《おとこ》の子《こ》も、しまの背広《せびろ》をぱりっときこなして、小《ちい》さな紳士《しんし》にみえました。

紳士《しんし》は、じろりと店内《てんない》をみまわしました。

男《おとこ》の子《こ》も、ちろりとみまわしました。

シェフの岡野《おかの》さんは、このむずかしそうなお客《きゃく》に、どこかで会《あ》ったようなきがしてなりません。

絵・寺田翔太朗

そこで二人《ふたり》を、自分《じぶん》でテーブルに案内《あんない》しました。

「パパ、みてよ、お兄《にい》ちゃんたちの花《はな》」

男《おとこ》の子《こ》のはずんだ声《こえ》にふりむくと、二人《ふたり》はテーブルの花《はな》、コスモスをみつめています。

「うむ」

紳士《しんし》は、むずかしい顔《かお》のままうなりました。

男《おとこ》の子《こ》も、あわててしかめつらをしました。

「今日《きょう》は、開店特別《かいてんとくべつ》メニューでございます。お飲《の》み物《もの》に、珍《めずら》しい木《き》いちごのワインと、山《やま》ぶどうのジュースがございますが」

岡野《おかの》さんは、かしこまっていいました。

「ほう……それでは、木《き》いちごのワインをいただきましょう」と、紳士《しんし》。

「それでは、山《やま》ぶどうのジュースをいただきましょう」と、男《おとこ》の子《こ》。

二人《ふたり》は、それぞれ飲《の》み物《もの》の香《かお》りをたしかめ、ひとくち口《くち》にふくんで、

「うーむ」

「ふーむ」と、うなりました。

そして目《め》をみあわせると、ふっと笑《わら》いました。

つぎは、なんども失敗《しっぱい》をしながら作《つく》り上《あ》げた、うすみどり色《いろ》のスープです。ひとくち飲《の》んで、二人《ふたり》の目尻《めじり》はとろけるように下《さ》がりました。

「わあ！　これ、ギンナンのスープだ。ぼくたちのイチョウの実《み》だよ」

岡野《おかの》さんは、はっとしました。

昨日《きのう》の朝《あさ》のことです。にぎやかな声《こえ》に目《め》がさめると、前《まえ》の広場《ひろば》が市場《いちば》になっていたのです。

ここの市《いち》はいつも水曜日《すいようび》にひらきます。

（今日《きょう》は日曜日《にちようび》なのに、へんだな）

不思議《ふしぎ》におもって外《そと》にでると、店《みせ》をだしている人《ひと》たちも、いつもの人《ひと》とちがいました。

そのうえ、めずらしい品物《しなもの》ばかり。レストランの名前《なまえ》につけたコスモスの花《はな》や、むらさき色《いろ》のキキョウまであります。

岡野《おかの》さんは、すっかりうれしくなって、さっそく若者《わかもの》と娘《むすめ》から、コスモスの花束《はなたば》やキキョウ、ススキを手《て》にいれました。年寄《としよ》り夫婦《ふうふ》から木《き》いちごワインと山《やま》ブドウ。その隣《となり》の家族《かぞく》からギンナンとキノコを買《か》いました。

主人《しゅじん》と奥《おく》さんと男《おとこ》の子《こ》、三人《さんにん》がかりでフキの葉《は》につつんでくれました。

（そうだ、あの家族《かぞく》だ）

昨日《きのう》はそのほかに、山《やま》イモやザクロなど、珍《めずら》しい材料《ざいりょう》をたくさん仕入《しい》れたのです。

紳士《しんし》が、岡野《おかの》さんを手《て》まねきしています。

「おどろきました。あの材料《ざいりょう》を、実《じつ》にうまく使《つか》って下《くだ》さっている。ありがとう」

おもいがけない言葉《ことば》に、岡野《おかの》さんの頭《あたま》は下《さ》がりました。

「さっきまでは、私《わたし》たちが収穫《しゅうかく》したものを、ほんとうに使《つか》っていただけるのか、疑問《ぎもん》だったのです」

「パパとぼくが代表《だいひょう》で、偵察《ていさつ》にきたんだよ」

「いやあ、偵察《ていさつ》ってほどのもんじゃありませんが。さあ、太郎《たろう》。ママやみなさんを案内《あんない》しておいで。みんな、喜《よろこ》ぶだろうなあ」

男《おとこ》の子《こ》は、最後《さいご》まで聞《き》かずにとびだしました。

「こんなにうまい料理《りょうり》をご馳走《ちそう》になるなんて、夢《ゆめ》のようですよ。ここから引《ひ》っ越《こ》したくなかったんだが、いまは納得《なっとく》しました。そう、ちょうどこのあたり、私《わたし》たちの住《す》まいがあったところです」

「このあたり？　山《やま》だとばかりおもっていましたが」

もうすこし、くわしく聞《き》こうとおもったとき、太郎《たろう》が息《いき》をはずませて入《はい》ってきました。

うしろに、おしゃれをした人《ひと》たちがつづいています。どの顔《かお》も朝市《あさいち》でみおぼえがあります。

「パパ。お兄《にい》ちゃんたち、ここのチャペルで結婚式《けっこんしき》、あげたいんだって」

「おお、それはよかった」

キキョウやコスモスを売《う》っていた若《わか》い二人《ふたり》が、うれしそうに顔《かお》をみあわせました。

またたくまに、レストランは満席《まんせき》です。岡野《おかの》さんはおおいそぎで調理場《ちょうりば》にもどりました。

＊

（デザートの、ザクロのシャーベットも喜《よろこ》んでもらえた）

ほっとして、岡野《おかの》さんは帰《かえ》っていくお客《きゃく》をみおくっていました。

夕焼《ゆうや》けで山《やま》は赤《あか》く染《そ》まっています。

イチョウの黄色《きいろ》い並木道《なみきみち》を、太郎《たろう》たちはゆらりゆらり帰《かえ》っていきます。

ひゅう〜〜〜

突然《とつぜん》の風《かぜ》にイチョウの葉《は》がくるくる舞《ま》い上《あ》がって、金《きん》の粉《こな》をまき散《ま》らしたように太郎《たろう》たちに降《ふ》りそそぎました。

「あれ？　ウリンボ！」

岡野《おかの》さんは、目《め》をしばたたきました。なんどみても、なんどほっぺたをつねっても、さっきまでの太郎《たろう》は、縞模様《しまもよう》のイノシシの子《こ》どもです。かたわらを歩《ある》くのは、両親《りょうしん》のイノシシ。若《わか》い二匹《にひき》のシカ。タヌキやキツネ。たくさんのウサギたち……。

（そうだったのか。みんな、この山《やま》の住人《じゅうにん》だったんだ。大事《だいじ》な場所《ばしょ》をゆずってくれたんだなあ）

岡野《おかの》さんは、自分《じぶん》にいいきかせるようにつぶやきました。

（いまの私《わたし》にできることは、太郎《たろう》たちに喜《よろこ》んでもらうことしかない）

スープのあと、太郎《たろう》がぺろりと口《くち》のまわりをなめたのを岡野《おかの》さんはおぼえていました。

（まず、結婚式《けっこんしき》の料理《りょうり》に腕《うで》をふるおう。よし。スープは、これできまりだ）

岡野《おかの》さんはメモ帳《ちょう》に、スープ――↓ギンナンと書《か》きとめました。

たかはま・なおこ

和歌山県出まれ、明石市在住。日本児童文学者協会会員。「こうべ」同人。著書に絵本「ありがとうニャアニャア」(岩崎書店)「ジローのトランペット」(アリス館)ほか。

ねえ、きこえているかい？

西村 恭子

ボクのおじいちゃんは、木《き》のおいしゃさん。「樹木医《じゅもくい》さん」とよばれてる。

おじいちゃんは千年《せんねん》も生《い》きているオオイチョウや山《やま》おくのサクラや、たくさんの木《き》にであってきたって。

道《みち》をひろげるために切《き》られるケヤキを、クレーンでつるして公園《こうえん》にうつした木《き》は「空《そら》をとんだケヤキの木《き》」と、よばれているって。

そのケヤキが、病気《びょうき》になったらしい。

おじいちゃんの車《くるま》にボクものってきた。ケヤキの病気《びょうき》はどこ？ 見上《みあ》げると、葉《は》を少《すこ》し

絵・杉本峰治

だけつけた枝《えだ》が黒《くろ》く空《そら》にのびていた。

車《くるま》をおりてくる人《ひと》がいる。一人《ひとり》はカサイさん。ボクの家《いえ》によくくる人《ひと》。おじいちゃんはいっていた。

「カサイさんは、ケヤキのことを一番《いちばん》よくしっている樹木医《じゅもくい》だよ」って。

もう一人《ひとり》ははじめて。おじいちゃんはボクを見《み》た。

「ナカジマさんも樹木医《じゅもくい》。樹木《じゅもく》クリニックという、兵庫県《ひょうごけん》で一《ひと》つしかない、木《き》の病院《びょういん》をひらいている」

木《き》にも病院《びょういん》があったんだ。ボクははじめてしった。

おじいちゃんたちがケヤキに向《む》かって歩《ある》いていく。ボクは少《すこ》しはなれてついていった。

カサイさんが黒《くろ》い枝《えだ》を見上《みあ》げる。おじいちゃんはケヤキの根《ね》もとにしゃがんだ。ナカジマさんは立《た》っている。じっとケヤキを見《み》て、うごかない。

ボクはそんな三人《さんにん》のうしろから、ケヤキのところへ。まわりをあるいてみた。葉《は》がしげったところはすずしい。

いよいよ、ケヤキの治療《ちりょう》がはじまるんだね。そうおもったとき、葉《は》がゆれて、風《かぜ》がおりてきた。

「今日《きょう》の治療《ちりょう》は、一日《いちにち》かかるよ」

おじいちゃんにいわれたけど、ボクはまた「空《そら》をとんだケヤキの木《き》」に会《あ》いにきた。

木《き》のまわりに、ジャングルジムみたいなのができていた。木《き》の高《たか》いところをなおすためらしい。黒《くろ》い枝《えだ》には注射《ちゅうしゃ》のように、くすりが何本《なんぼん》もさしこまれている。

樹木医《じゅもくい》さんが三人《さんにん》、作業《さぎょう》する人《ひと》たちもいた。地面《じめん》に何《なに》かをうちこんでいる。

「かたくなった土《つち》をフカフカ、ホワホワにして、小《ち》さな根《ね》がのびやすいようにしてやる。えいようもいれて。点滴《てんてき》みたいなものかな」

「ボクも点滴《てんてき》したことあるよ」

おじいちゃんが、うなずいた。

黒《くろ》い枝《えだ》は、病気《びょうき》のところをとったから、根《ね》もとまで、大《おお》きなくぼみができていた。ナカジマさんが、そこに何《なに》かをぬりはじめた。作業《さぎょう》の人《ひと》たちがあつまってくる。

「木《き》の皮《かわ》が、一年《いちねん》に一《いっ》センチずつ、幹《みき》をおおって、二十年後《にじゅうねんご》、自然《しぜん》になおっている、そうイメージして治療《ちりょう》をはじめる。木《き》にも、きっとつたわると思《おも》う」

ナカジマさんの手《て》がうごく。カベをぬるようになんどもくぼみをうめていく。

ボクはケヤキを見上《みあ》げた。ケヤキはじっとうごかない。

「お昼《ひる》にしましょうか」

おじいちゃんが、みんなに声《こえ》をかけた。ケヤキからすこしはなれてボクはすわった。

「だれも気《き》にしなくなったこの町《まち》のシンボルだった木《き》を、残《のこ》したいと思《おも》った人《ひと》たちがいたよ。だから、いつか、また町《まち》の木《き》だといわれるように、治療《ちりょう》させてもらっている」

おじいちゃんはいった。

「ケヤキに、おしえてもらいながらですが」と、カサイさん。

ナカジマさんがこっちをむいた。

「わたし、真剣《しんけん》に治療《ちりょう》しますと、ケヤキにいいましたよ」

あの時《とき》だと、ボクはおもった。

ケヤキの下《した》でナカジマさんがうごかなかったときだって。

ボクは「空《そら》をとんだケヤキの木《き》」の下《した》でお弁当《べんとう》を食《た》べている。

樹木医《じゅもくい》さん三人《さんにん》は、食《た》べている間《あいだ》もずっと木《き》の話《はなし》ばかり。

「あの、この木《き》が空《そら》をとんだケヤキですか」

女《おんな》の人《ひと》が、男《おとこ》の子《こ》と手《て》をつないでやってきた。ボクより小《ちい》さい。

「そうです。そうです。きみは木《き》がすきかい」

おじいちゃんが立《た》ち上《あ》がった。おじいちゃんは、よく学校《がっこう》にもでかけていく。

ケヤキに手《て》をおいて、話《はな》しはじめる。

「木《き》や植物《しょくぶつ》は、炭酸《たんさん》ガスを吸《す》って、酸素《さんそ》を出《だ》しているだけじゃないですよ。テルペンという、体《からだ》をしずめるものを出《だ》して自分《じぶん》を守《まも》るんです。このテルペンが、森《もり》をすずしくして、生《い》きものも元気《げんき》にしてくれます。動物《どうぶつ》はね、病気《びょうき》になると、自分《じぶん》から森《もり》の中《なか》にはいって行《い》くんですよ」

ボクは、ジャングルジムにかこまれたケヤキを見上《みあ》げた。空《そら》をとんでくるとき、たくさん根《ね》を切《き》られたケヤキ。今《いま》はくるしいんだね。でも、大丈夫《だいじょうぶ》。おじいちゃんたちがついている。

ボクもイメージした。樹木医《じゅもくい》さんが三人《さんにん》、ケヤキにむかっているところ。ケヤキが、この町《まち》で長《なが》く生《い》きて、大切《たいせつ》な木《き》に

なっているところも。

おじいちゃんは、最後《さいご》に、きっとこういうよ。いつもボクにいうように。

「人間《にんげん》は、緑《みどり》がないと生《い》きてはいけないんです。空気《くうき》や水《みず》と同《おな》じように、植物《しょくぶつ》は大切《たいせつ》なものなんです」って。

いつの間《ま》にか、ナカジマさんはケヤキの下《した》にいた。カサイさんがジャングルジムにのぼっていく。

ケヤキのことを見《み》ている人《ひと》は、きっと、まだこの町《まち》にいると思《おも》う。女《おんな》の人《ひと》たちはかえっていった。

「寄《よ》せつぎは、いつやりますか」

カサイさんがナカジマさんにたずねている。

ねえ、きこえているかい？　おじいちゃんたち三人《さんにん》の声《こえ》。ボクも、またきてもいいかなぁ。

顔《かお》を上《あ》げたら、風《かぜ》がおりてきた。

にしむら・きょうこ

尼崎市生まれ。日本ペンクラブ会員、神戸新聞読者文芸元選者。著書は児童書、一般書、戯曲など。ラジオ番組制作により２０１５年、井植文化賞（報道出版部門）を受賞。

くるりん　くるる

うたか　いずみ

おばけのトトは、空《そら》をとぶのがだいすきです。

けれど、ちゅうがえりが、うまくできません。

「空《そら》を、くるくるって、とびまわれたほうが、楽《たの》しいよ」

まわりのおばけたちから、いつもいわれます。

「まわれなくても、こまらないよ。だけど……。楽《たの》しいのなら、やってみようかな」

トトは、夜《よる》の空《そら》でれんしゅうすることにしました。

「バランス、だいじ。スピード、わすれない！」

ちょっとすきとおった白《しろ》いからだで、なんどもちゅうがえりしようとします。

絵・野村洋史

くるりん　くるる
おっとっと
くるりん　くるる
おっとっと

そのときです！

ギーッ　ゴゴッー
下《した》のゆうえんちから、大《おお》きな音《おと》がひびいてきました。

「あれっ？」

トトが目《め》をこらして見《み》てみると……。

ゴゴゴゴッ
ジェットコースターが、動《うご》きはじめていました。

「うわっ、乗《の》ってみたい」

トトは、レールをのぼっていくジェットコースターに、とび乗《の》りました。

「ひゃっほーい」

ものすごいスピードで、くだっていくとき、トトは思《おも》わずちゅうがえりをしました。

くるりん　くるる
くるくるるん
くるりん　くるる
くるくるるん

「できたぁ！」

はじめて、ちゅうがえりができました。

トトは、うれしくて、なんどもジェットコースターにとび乗《の》り、れんしゅうしました。

おばけのトトは、まわるのにつかれると、大《おお》きな木《き》のえだにこしかけました。

「ひとやすみっと。だけど、どうして、夜《よる》にジェットコースターが、動《うご》いてるのかな」

木《き》の下《した》に、おじさんが立《た》っていました。

「あのー、きみはおばけ、だよね……」

「うひゃ！」

トトは、びっくり。

ほんとは、おばけをみた人《ひと》が、おどろくはずです。

これでは、はんたいです。

「ごめん、ごめん。おどろかせちゃったね。ときどき、夜《よる》になったら、乗《の》り物《もの》のてんけんをするのさ。きみは、かわいいから、ちっともこわくないや」

トトは、はじめてちゅうがえりがせいこうしたことを、おじさんに話《はな》しました。

「ジェットコースターの、おかげなんだ」

「きみは、もう、ジェットコースターに乗《の》らなくても、ちゅうがえりができるんじゃないかな」

トトは、思《おも》いきって空《そら》たかくのぼっていきました。

そして、ふいてきた風《かぜ》に乗《の》って、ちゅうがえりしました。

くるりん　くるる

くるくるるん
くるりん　くるる
くるくるるん

もう、だいじょうぶです。

下《した》から、おじさんのはくしゅが、聞《き》こえてきます。

「いいぞー」

トトは、うれしくてたまりません。

ひゅーっと下《した》へおりていき、おじさんのそばにいこうとしました。

けれど、しっぱいして、横《よこ》においてあった大《おお》きな箱《はこ》に、ドッシーン！　と、体《たい》あたりしてしまいました。

箱《はこ》のふたが、ぱっかーんと開《ひら》いて！　ふうせんが、いっぱいとび出《だ》しました。

「ありゃ。あした、イベントでつかうふうせんが、とんでいってしまうよ」

赤《あか》、青《あお》、白《しろ》、黄色《きいろ》。ふうせんは夜《よる》の空《そら》へ、ふわふわと広《ひろ》がっていきます。

トトは、空《そら》のむこうへ、とんでいきました。

しばらくすると、トトと、たくさんのおばけがやってきました。

それぞれが、両手《りょうて》にふうせんを持《も》っています。

おばけたちは、ゆっくりゆっくりと、おじさんのところへもどってきました。

「友《とも》だちに、てつだいをたのんだんだ」

トトは、友《とも》だちおばけたちと、ゆうえんちの中《なか》を、とびまわりました。

「そりゃ、たすかった。おれいに、もう一度《いちど》、ジェットコースターと、回転木馬《かいてんもくば》やコーヒーカップも、動《うご》かしてあげるよ」

トトやほかのおばけたちは、大《おお》よろこびです。

くるくる回《まわ》る、コーヒーカップや回転木馬《かいてんもくば》に乗《の》ったり、ひょいひょいととびはねたりしました。

トトも、うれしくて、なんどもなんども、ちゅうがえりをしました。

くるりん　くるる
くるくるるん

くるりん　くるる
くるくるるん

それを見《み》ていた友《とも》だちおばけが、いいました。

「あれっ、トトったら、ちゅうがえりができるんだね」

トトは、にこっとわらいました。

そして、また、とくいそうにちゅうがえりをしました。

「ねえ、トトのちゅうがえりって、ちょっとおかしくない？」

「ほんとだ」

友《とも》だちおばけたちが、わいわいいっています。

ジェットコースターでれんしゅうしたせいでしょうか。

ほかのおばけとくらべると、トトのまわり方《かた》がどこかちがいます。

「いいの、いいの。これ、トト流《りゅう》ちゅうがえり」

トトは、すましたかおでいいました。そして、月《つき》や星《ほし》がかがやく空《そら》へとんでいきました。

「お月《つき》さまも、お星《ほし》さまも、見《み》ててね」

トトは、とびっきりのえがおで、ちゅうがえりをしました。

うたか・いずみ

加古川市在住。日本児童文学者協会、日本児童文芸家協会、日本童謡協会会員。第12回国民文化祭文部大臣奨励賞・第3回児童ペン賞童話集企画賞受賞。童謡曲作詩「まほうのマント」「おばけの先生」「あおい きのみ」他。共著に「おはなしの森1・2・3」「ワニと猫とかっぱ それから…」「ことばの詩集」。

のはらのピアノきょうしつ

中住 千春

バババババーンッ
りみの家《いえ》のピアノが、ものすごい音《おと》をたてました。りみが両手《りょうて》で、おもいっきりけんばんをたたいたからです。

「りみーっ」

おかあさんの声《こえ》がおいかけてきます。

「大《だい》きらい、ピアノなんて大《だい》きらい！」

そういうと、うらぐちからとびだしました。

（たくさんれんしゅうをしても、ちっともうまくならないもん。指《ゆび》がうごかないんだもん）

ほっぺをふくらませて、りみはかけていきます。どんどん、どんどん、かけていきます。

絵・粟津朋光

原《はら》っぱのちかくまできて、ハッとたちどまりました。かすかな音《おと》がきこえてきます。

ポロポロポロロン

りみは耳《みみ》をすましました。

「ピアノかな」

たった今《いま》、ピアノをたたいた両手《りょうて》に、キュッと力《ちから》がはいりました。

それはピアノの音《おと》でした。けれども、ピアノがかぜをひいたようなヘンテコな音《おと》です。

りみは、きょろきょろとあたりをみまわしました。

原《はら》っぱのすみに、こわれたテレビやレンジ、タイヤやはりがねなどがつんでありました。そだいゴミおきばです。

ピアノの音《おと》は、そこからきこえてきました。りみは音《おと》のするほうへちかづいていきました。

「わあっ」

おもちゃのピアノの前《まえ》にいるのは……。

（もしかして、たぬき？）

りみの目《め》がまんまるになりました。茶色《ちゃいろ》のからだを丸《まる》くかがめて、小《ちい》さな黒《くろ》い手《て》で、ピアノをひいています。

ポロポロポロロン
ポロポロポロロン
「ゆーやーけーこーやーけ？」

すぐにわかりました。こだぬきがひいているのは『ゆうやけこやけ』のうたです。

ソソソラソソソー
ソソソラソソソー
そこからさきにはすすみません。なんども同《おな》じところのくりかえしです。

（そのさき、わからないのかな）

りみは、むずむずしてきました。

「たぬきさん、おしえてあげるよ」

そういって、こだぬきのそばへでていきました。

「キュイーン」

こだぬきはびっくりして、テレビのかげにかくれてしまいました。

「おどかしてごめんね。にげなくてもだいじょうぶよ。きいていてね」

おもちゃのピアノの前《まえ》にかがむと、りみは、ふーっといきをはきました。手《て》をグーパーグーパーとしてから、ゆっくりひきはじめました。

ソソソラ　ソソソミ　ドドレミレー

カサッと、こだぬきがかおをだしました。こちらのようすをうかがっています。りみは、もう一度《いちど》ひきました。こだぬきは、そうっとちかづいてきます。りみはしらんかおをしてひきつづけました。すぐそばまできた、こだぬきは、りみの手《て》とけんばんをかわるがわるみています。

「たぬきさん、ひいてみて」

そういうと、りみはけんばんをゆびさしました。ピアノの前《まえ》からさがって、ばしょをあけました。

「キュンキュン」

こだぬきは、わかったというようにうなずくと、ひきはじめました。

ソーソーソーラー　ソーソーソーソーミー

メロディをじょうずにまねます。

「そうそう、うまいうまい」

りみはパチパチとはくしゅをしました。それをみて、こだぬきもパチパチとはくしゅをしました。

「じゃあ、もういっかいね」

りみとこだぬきのピアノきょうしつがはじまりました。

メロディが長《なが》くなると、こだぬきはむずかしそうです。なかなかうまくひけません。ちょっとひいては、りみのかおをうかがいます。まちがえると、両手《りょうて》であたまをかかえこみます。うまくいくと、だいじそうにピアノをなでていました。

（たぬきさんはピアノがすきなんだなあ）

りみはおもいました。ピアノをバーンとたたいてしまったりみです。れんしゅうがいやでとびだしてきたりみです。なんどもれんしゅうをしているこだぬきをみていると、りみのむねがザワザワとなりました。

「ピアノはきらいじゃなかったのにな……」

「キュンキュン？」

ぼんやりしていたりみを、こだぬきがみあげています。

「ごめんごめん、おしえてあげるね」

りみは、くりかえしくりかえし、ピアノをひいておしえました。こだぬきも、いっしょうけんめいがんばりました。

あたりがうすぐらくなってきました。

とおくの空《そら》から音楽《おんがく》がきこえてきます。夕方《ゆうがた》の五《ご》じをしらせるあいずです。

それは『ゆうやけこやけ』のメロディでした。

「キュンキュン」

こだぬきがうれしそうになきました。

「あっ、そうか！」

りみはポンと手《て》をたたきました。

「たぬきさんは、この五《ご》じのあいずをきいて『ゆうやけこやけ』をおぼえたんだね」

「キュキューン」

「たぬきさんって、すごいね」

「キュキュン」

「でも、きょうは、もうかえらなくっちゃ」

りみがそういうと、こだぬきは、しゅんと下《した》をむいてしまいました。

「だいじょうぶ。あしたもまたきて、おしえてあげるからね」

ピアノを指《ゆび》さして、りみがニコッとわらうと、こだぬきも、キュキュッとこえをあげて、わらったようでした。


つぎの日《ひ》の朝《あさ》はやく、りみは家《いえ》をでました。原《はら》っぱで、こだぬきがまってるかとおもうと、わくわくしています。

ブップー　ブップー
うしろからきた車《くるま》が、りみをおこしていきます。大《おお》きなトラックです。みあげて、びっくり。それは、そだいゴミをかいしゅうするトラックだったのです。原《はら》っぱのほうへむかっています。

「たいへん。たぬきさんのピアノをもっていってしまったらどうしよう」

りみはトラックをおいかけました。

「まって、まってー」

やっとたどりついた原《はら》っぱは、からっぽです。山《やま》のようにつんであったそだいゴミはひとつもなくなっていました。

（ピアノがない。たぬきさんのだいじなピアノが……）

「たぬきさーん、たぬきさーん」

へんじはありません。

「たぬきさーん」

そのときです。

ソソソラ　ソソソミ　ドドレミレー
あのメロディがきこえてきたのです。

「たぬきさん、どこ？」

「キュキュイーン」

こだぬきがピアノをひきずるようにして、草《くさ》のかげからでてきました。

「たぬきさんっ」

りみはかけよりました。

「よかったー。たぬきさんは、だいじなピアノをまもったん

だね」

「キュンキュン」

こだぬきは、りみをみあげてピアノをたたきます。

「ふふふ、わかったわ。さあ、はじめるよ」

ソソソラ　ソソソミ　ドドレミレー
きょうも原《はら》っぱで、ピアノきょうしつがはじまりました。

その日《ひ》、家《いえ》にかえってから、りみはひさしぶりにピアノの前《まえ》にすわりました。両手《りょうて》でやさしく、けんばんをなでました。

それから、じかんをわすれて、なんどもなんどもれんしゅうをしました。

なかずみ・ちはる
宍粟市在住。日本児童文芸家協会員。ひょうご絵本伝承師。学研おはなし大賞、童心社絵本テキスト大賞優秀賞などを受賞。共著に「おはなしの森1～3」（神戸新聞総合出版センター）。

屋根《やね》うらのおきゃくさん

岸井 順子

夜《よる》、天井《てんじょう》で音《おと》がした。

ギシキシ、ガシッ。

ぼくの胸《むね》が、バクンとなった。天井《てんじょう》と屋根《やね》の間《あいだ》に、なにかいる。

耳《みみ》をすました。音《おと》は、だんだん大《おお》きくなってきた。

ぼくは、ベッドをとび出《だ》し、パパをよびに行《い》った。

「古《ふる》い家《いえ》や、ネズミが運動会《うんどうかい》でもしとるんやろ」

パパは、大《おお》きなあくびをした。ママは、もうねむっている。

「ちがうと、思《おも》うけど……」

絵・野村洋史

パパは、ねぼけた顔《かお》で、うなずくだけ。しかたなく、ベッドにもどった。

すると、なにかが走《はし》った。天井《てんじょう》がやぶけそう。ぼくは、ふとんにもぐりこんだ。

（なにがいるんだよ）

汗《あせ》が出《で》る。息《いき》もくるしくなってきた。そーっと、ふとんから顔《かお》を出《だ》した。

なんかわからないやつが、天井《てんじょう》にいる。

ぼくは、ふーっと息《いき》をはいた。その時《とき》、声《こえ》が聞《き》こえた。聞《き》いたことのない鳴《な》き声《ごえ》が……。


朝《あさ》、ママに起《お》こされた。ぼくは、ねむい目《め》をこすりながら、天井《てんじょう》を見《み》た。

「どうしたの？」

天井《てんじょう》から、なにかがぼくを見《み》ているような気《き》がして、ママにしがみついた。

ママが天井《てんじょう》を見上《みあ》げた時《とき》、ぼくらの頭《あたま》の上《うえ》を、また、なにかが走《はし》った。

「パパー、来《き》てぇー」

ママがさけんだ。

「なんだ、なんだ」

パパも天井《てんじょう》を見上《みあ》げた。

ぼくは、ママのエプロンをぎゅっとつかむ。

「屋根《やね》うらを見《み》てみるか」

パパは、ハシゴを持《も》ってきた。ライトとヘルメットをママがわたす。

パパの手《て》が、天井《てんじょう》の入《い》り口《ぐち》をゆっくり開《ひら》いた。

ホコリといっしょに、ゆらゆら、おちてくるものが見《み》えた。

パパが、大《おお》きなくしゃみをした。

ぼくはママにくっついた。

屋根《やね》うらをのぞきこむパパ。

「おかしいなあ。見《み》えないぞ」

首《くび》をかしげた。

「どいて、私《わたし》が見《み》るから」

ママがパパと入《い》れかわった。

「きぇーっ」

ハシゴからママがとびおりて、しりもちをついた。

「め、目《め》が、六《むっ》つ、光《ひか》った」

六《むっ》つ、てことは三《さん》びきいるの。

パパはママを横目《よこめ》に、またハシゴにかけ上《あ》がった。

「おおっ。おっおっ。あいつやないか」

「えっ、あいつってだれ？」

ぼくは、パパに聞《き》いた。

「アライグマ」

「ええーっ」

ママが、大《おお》きなため息《いき》をついた。

「つかまえる方法《ほうほう》は？」

声《こえ》が、とがってきた。

ぼくは、絵本《えほん》で見《み》たアライグマを思《おも》いだした。

「飼《か》いたいなぁ」

ありえないって顔《かお》で、ママがぼくの頭《あたま》をおさえた。

パパは天井《てんじょう》をにらんでいる。

「ここに、住《す》みつかれたらこまる。いぶし出《だ》そう」

パパが、けむりの出《で》るクスリを買《か》ってきた。

天井《てんじょう》から、ゆっくりけむりがおりてきた。ぼくらは、じいちゃんの家《いえ》に、にげた。

「屋根《やね》うらのおきゃくは、それぐらいで、にげ出《だ》すもんか」

じいちゃんは、まゆをぐいっとあげた。

やっぱり、じいちゃんのいったとおり。天井《てんじょう》が、またさわがしくなった。

ママは、庭《にわ》から長《なが》いほうきをもってきて、天井《てんじょう》をつついたり、たたいたりした。でもすぐに、音《おと》がする。ママはへたりこんだ。

「じいちゃんが、アライグマのこと、おきゃくさんっていってたよ」

「そうか、おきゃくは帰《かえ》って行《い》くもんやけどな」

パパも、まゆをぐいっとあげた。

夜《よる》、パパが「ほかくケージ」を市役所《しやくしょ》でかりてきた。中《なか》に、インスタントラーメンをつるして、庭《にわ》においた。


朝《あさ》、ケージの中《なか》に、二《に》ひきのアライグマが入《はい》っていた。

ぼくが近《ちか》づくと、大《おお》きいほうが、うなり声《ごえ》を上《あ》げた。とびかかろうとする。小《ちい》さいのは、ケージの中《なか》を、動《うご》き回《まわ》っていた。

その時《とき》だ、庭木《にわき》のかげからもう一《いっ》ぴき、小《ちい》さいアライグマが山《やま》のほうに走《はし》った。

ぼくはおいかけた。でもすぐに見《み》えなくなった。

「このアライグマ、どうなるん」

ぼくは、ケージを見《み》ていたパパに聞《き》いた。

「しかたない。かわいそうだけど」

市役所《しやくしょ》の人《ひと》が、引《ひ》き取《と》りに来《く》ると、パパはいった。

「たすけられない？」

「ダメだろな」

いわれると思《おも》ったけど……。

アライグマを見《み》つめた。

「ギー、クウー、クー」

ぼくに、話《はな》しかけているみたい。はな先《さき》で、においをかいでいるみたい。でも、ママに呼《よ》ばれて、ぼくは、背《せ》をむけた。

学校《がっこう》から帰《かえ》ると、もうケージはなくなっていた。アライグマのいたところから、動《うご》けな

い。

後《うし》ろから、ぽんと、肩《かた》をたたかれて気《き》がついた。じいちゃんだった。

「この木《き》をつたって、屋根《やね》うらに、上《あ》がっとったんやな」

木《き》には、五本《ごほん》のツメあとがのこっていた。

「よっぽど、腹《はら》がへっとったんやろ」

アライグマは、頭《あたま》がいいから、なかなか、ケージに入《はい》らないと、じいちゃんはいった。

「ペットとして飼《こ》うたのに、かってにすてられて、ふえて……」

山《やま》を見《み》つめたじいちゃん。

「なんぼかわいいいてもな、いっしょには、住《す》めん」

ぼくは、うなずいた。

「悪《わる》いのは、だれやろなあ」

じいちゃんがいった。

ぼくは、山《やま》ににげたアライグマを思《おも》いだした。

耳《みみ》のおくで、鳴《な》き声《ごえ》が聞《き》こえる。

山《やま》で生《い》きるんだよ。おりてきたらダメだから。心《こころ》の中《なか》でさけんだ。

ぼくは、じいちゃんの手《て》をにぎった。にぎったじいちゃんの手《て》に、くいっと力《ちから》が入《はい》った。

きしい・じゅんこ
加西市生まれ。三木市在住。神戸新聞文芸「母さんの風」入選。第28回日産童話と絵本のグランプリ佳作「お元気ですか?」。

ふゆの森《もり》

飛騨《ひだ》のさるぼぼ

石神　誠

飛騨《ひだ》地方《ちほう》では、正月《しょうがつ》が近《ちか》づくと花《はな》もち作《づく》りがはじまります。ついたばかりのもちを小《ちい》さくちぎり、小枝《こえだ》にまきつけ、紅白《こうはく》の生《い》け花《ばな》のようにしてかざるのです。ひなまつりにはそれを枝《えだ》から外《はず》し、花《はな》もちあられにして子《こ》どもたちが食《た》べます。

山里《やまざと》のある家《いえ》では、おばあさんがたった一人《ひとり》で花《はな》もち作《づく》りをしていました。いろりにかけられたなべの中《なか》では、甘《あま》ざけがクツクツと小《ちい》さく音《おと》を立《た》てています。

庭《にわ》さきで何《なに》かもの音《おと》がするので、おばあさんは、花《はな》もち作《づく》りの手《て》を休《やす》めて、ふり返《かえ》りました。すると、そこには一《いっ》ぴきの子《こ》ザルが立《た》っているではありませんか。どうやら子《こ》ザル

絵・撫養和幸

は、甘《あま》ざけのにおいにさそわれてやってきたようです。

冬《ふゆ》は山《やま》おくでひっそりと暮《く》らしているサルたちも、天気《てんき》がよい日《ひ》などは、ふらりと里《さと》にあらわれることもありました。

「おう、おう。おまえも甘《あま》ざけがほしいか。なら、こっちへおいで」

おばあさんが手《て》まねきをすると、子《こ》ザルはおそるおそる、いろりのそばまでやってきました。おばあさんは、甘《あま》ざけを小《ちい》さなおちょこにとると、フーフーとなんども吹《ふ》いてやりました。そして、それを子《こ》ザルの近《ちか》くへおいてやりました。

子《こ》ザルはこわがるようすもなく、すぐにおちょこの前《まえ》にやってくると、小《ちい》さなしたでチロチロと甘《あま》ざけをなめはじめました。

甘《あま》ざけがすっかりからになっても、よほどなごりおしいのか、子《こ》ザルはひっくり返《かえ》したり、ふってみたりと、いつまでもおちょこをはなしません。

「こらこら、あんまりのむと、よっぱらって、みんなのところへ帰《かえ》れんようになるぞ」

やがてあきらめたのか、子《こ》ザルはからになったおちょこをほうり出《だ》すと、戸口《とぐち》のあいだから出《で》て行《い》ってしまいました。

次《つぎ》の日《ひ》も子《こ》ザルは、やってきては、甘《あま》ざけをもらって帰《かえ》りました。

山《やま》のわらし子出《ごで》てござれ
サルのぼんぼも出《で》てござれ
めんこいべんべに
甘《あま》ざけけんじょ

おばあさんは、いつも自分《じぶん》で作《つく》った歌《うた》を歌《うた》いながら、子《こ》ザルのために甘《あま》ざけを作《つく》ってやりました。

そんな日《ひ》が何日続《なんにちつづ》いたでしょう。ぱったりと子《こ》ザルのすがたが見《み》えなくなりました。

「もう、ばあの甘《あま》ざけにはあきてしもたかのう」

おばあさんは、小《ちい》さなせなかをさらに小《ちい》さくしてつぶやきました。

すると、庭《にわ》さきで何《なに》か物音《ものおと》がします。

「おお、ようようサルのぼぼが来《き》なすったか、外《そと》はさむいで、はよ、お入《はい》り……」

おばあさんがいそいで戸《と》を開《あ》けると、そこに立《た》っていたのは一《いっ》ぴきの大人《おとな》のサルでした。

手《て》には何《なに》か持《も》っています。よく見《み》れば、それは子《こ》ザルの変《か》わりはてたすがたではありませんか。

「なんとかわいそうに……。よしよし、ばあがうめてやろうな」

おばあさんは子《こ》ザルを受《う》けとろうとしましたが、母《はは》ザルは死《し》んだ子《こ》ザルをだいたまま、山《やま》へと帰《かえ》っていってしまいました。

次《つぎ》の日《ひ》も、おばあさんは甘《あま》ざけを作《つく》りました。すると、また母《はは》ザルはやってきました。

おばあさんは、家《いえ》にあった布《ぬの》きれで、小《ちい》さな抱《だ》き人形《にんぎょう》を作《つく》ってやりました。青《あお》い前《まえ》かけをした子《こ》ザルの人形《にんぎょう》でした。そして、やってきた母《はは》ザルの前《まえ》においてやりました。母《はは》ザルは子《こ》ザルの人形《にんぎょう》を手《て》にしますが、すぐにほうり出《だ》してしまいます。

そこでおばあさんは、ゆびで甘《あま》ざけをすくうと、それを人形《にんぎょう》の口《くち》もとにつけてみました。

すると母《はは》ザルは、死《し》んだ子《こ》ザルを足《あし》もとにおき、りょう手《て》で人形《にんぎょう》をだくと、においをかぎはじめました。そのすきにおばあさんは、死《し》んだ子《こ》ザルをすばやくふところへかくしました。

きゅうにすがたの見《み》えなくなった子《こ》ザルをもとめて、しばらくあたりをさがし回《まわ》っていた母《はは》ザルも、やがてあきらめたのか、人形《にんぎょう》をだいたまま山《やま》へと帰《かえ》っていきました。

おばあさんは、にわのツツジの木《き》を花《はな》もちでかざり、その根《ね》もとに子《こ》ザルをうめてやりました。

雪《ゆき》ぶかい飛騨《ひだ》の里《さと》では、長《なが》い冬《ふゆ》のあいだ、子《こ》どもたちは、なかなか外《そと》であそぶこともできません。そんな子《こ》どもたちのために、おばあさんたちが赤《あか》い布《ぬの》をつかい、だき人形《にんぎょう》を作《つく》るようになりました。やがてそれは「さるぼぼ」とよばれ、今《いま》では、おみやげとして全国《ぜんこく》でも売《う》られています。

ぼぼとは、この地方《ちほう》の方言《ほうげん》で「赤ん坊《あかんぼう》」のいみです。ぬのを赤《あか》くしたのは、赤《あか》い色《いろ》にはそのころはやっていたてんねんとうから、子《こ》どもをまもる力《ちから》があるとしんじられていたからだと言《い》われています。みやげ物《もの》のさるぼぼの中《なか》には、顔《かお》のかかれたものもありますが、ほんらいのさるぼぼには、顔《かお》がありません。どうして顔《かお》がないのでしょう。それは、死《し》んだ子《こ》ザルの顔《かお》を、どうしてもおばあさんが作《つく》れなかったからかもしれません。

それでも、さるぼぼを持《も》つ人《ひと》の心《こころ》がしあわせなときは、わらって見《み》え、かなしいときは泣《な》いて見《み》えると言《い》います。

山《やま》のわらし子出《ごで》てござれ
サルのぼんぼも出《で》てござれ
めんこいべんべに
甘《あま》ざけけんじょ

今日《きょう》のあなたのさるぼぼは、笑《わら》っていますか。

いしがみ・まこと
京都府生まれ、在住。日本児童文芸家協会会員。中学校の体育教師を退職後、オリジナル紙芝居を制作しスクリーンで上演している。著書に「青い珊瑚の伝説」（鳥影社）ほか。

うめばあちゃんとダイコンもち

石川 純子

大《おお》みそかからふりつづいた雪《ゆき》が、ようやくやみました。

うめばあちゃんは、山《やま》のふもとにひとりでくらしています。

「ぶじに、お正月《しょうがつ》をむかえることができました。ありがとうございやす」

うめばあちゃんは、両手《りょうて》をポンポンとたたいて、初《はつ》日《ひ》の出《で》をおがみました。

「さてと、お雑煮《ぞうに》をつくるとしようかね」

そのとき、おもちがまだとどいていないのに気《き》がつきました。あまりにも、ひどいふぶきだったので、知《し》り合《あ》いにたのんでいたおもちがとどかなかったのです。

絵・杉本峰治

「そうだ。いいことを思《おも》いついたよ」

うめばあちゃんは、畑《はたけ》の雪《ゆき》の中《なか》からダイコンをほりだしました。油《あぶら》あげとまる切《ぎ》りにしたダイコンをおなべに入《い》れて、コトコトと煮《に》ます。しばらくすると、おなべからいいにおいがしてきました。

ひとりでも、お正月《しょうがつ》はやはり気持《きも》ちがあらたまります。うめばあちゃんは、おぜんに、昆布《こんぶ》やサトイモの煮付《につ》けをならべ、お雑煮《ぞうに》をいただきます。

「ダイコンがまるもちみたいだね。あぁ、おいしい」

そのとき、戸《と》をたたくちいさな音《おと》がきこえました。戸《と》をあけるとだれもいません。

「ここです。ここです」

あしもとに、ちいさな雪《ゆき》だるまたちが、ふるえながらうめばあちゃんをみあげています。

「おやまあ、めずらしいお客《きゃく》さんだこと。さあ、おはいり、おはいり」

ちいさな雪《ゆき》だるまは、家《いえ》の中《なか》へころがるようにはいってきました。

みんなブルブルとふるえています。

雪《ゆき》だるまたちは、ブルルンとからだをゆすると、雪《ゆき》がまわりにちらばりました。

「あんれまあ！」

雪《ゆき》だるまだとおもったのは、ネズミたちでした。お父《とう》さん、お母《かあ》さん、そして五匹《ごひき》のきょうだいたち。みんな寒《さむ》さにこごえています。

「こりゃあ、たいへんだ」

うめばあちゃんは、いそいでなべで湯《ゆ》をわかしました。

ネズミたちは、それをみてあわてて部屋《へや》のすみにかたまりました。

「ばかだねえ。あんたたちを煮《に》て食《く》おうってんじゃねえよ」

ネズミたちは、ホッ！　うめばあちゃんは、小《ちい》さなタライにお湯《ゆ》をたっぷりといれました。

「さあ、ゆっくりあったまればええ」

七匹《ななひき》のネズミたちは、お湯《ゆ》の中《なか》でゆったり、まったり。チューチューとにぎやかなこと。

ネズミのお父《とう》さんがいいました。

「じつは、ヨモギ村《むら》で明日《あした》、娘《むすめ》の結婚式《けっこんしき》があります。そこへでかけるとちゅうでした」

あまりのふぶきに、道《みち》にまよってしまい、おまけに、持《も》っていた荷物《にもつ》もなにもかも、うしなってしまったそうです。お嫁《よめ》に行《い》く姉《ねえ》さんネズミがシクシクと泣《な》きだしました。

「まあまあ、それは気《き》のどくになあ。今日《きょう》はここでゆっくりしていくがいいよ」

その日《ひ》は、ダイコンもちのお雑煮《ぞうに》をたべたり、カルタをして楽《たの》しくすごしました。

「明日《あした》、はやいんだろ。はやくおやすみ」

ネズミたちが、眠《ねむ》るのをまって、うめばあちゃんは、ひきだしからふろしきつつみをだしました。

中《なか》には、うめばあちゃんのお宝《たから》がいっぱいはいっています。

「さて、ひと仕事《しごと》はじめるとしようかね」


つぎの日《ひ》は、とてもいいお天気《てんき》でした。

雪《ゆき》は、まだまだつもっていますが、ヨモギ村《むら》にでかけることができます。

今夜《こんや》の結婚式《けっこんしき》には、まにあうでしょう。

うめばあちゃんがニコニコ笑《わら》いながら、ネズミたちを奥《おく》の部屋《へや》に呼《よ》びました。

「いいかい。ふすまをあけるよ。ジャジャジャジャジャーン」

「わあっ！」

ネズミたちは、びっくり。奥《おく》の部屋《へや》には、小《ちい》さな花嫁衣装《はなよめいしょう》がかざられていました。

小《ちい》さなうちかけは、雪《ゆき》のように白《しろ》くかがやいていました。小《ちい》さなかんざしや、おせんすまで用意《ようい》してあります。

「かんざしとおせんすは、おひなさまのを、ちょいとお借《か》りしたんだよ」

「まあ、なんてすてきな花嫁衣装《はなよめいしょう》なんでしょう。ありがとうございます」

うめばあちゃんは、村《むら》いちばんの縫《ぬ》い物《もの》じょうず。これくらいの着物《きもの》を一晩《ひとばん》で縫《ぬ》い上《あ》げることなんかなんでもありません。

みんなに着物《きもの》を着《き》せると、ざぶとんをしいたしょいカゴにすわらせました。うめばあちゃんは、カゴをヨイショと背《せ》おうと、雪《ゆき》を踏《ふ》みしめながら、ヨモギ村《むら》へとでかけました。

♪はあ〜
めでためでたやなあ〜
かわいいネズミの花嫁《はなよめ》ごりょう

今日《きょう》はうれしいお嫁入《よめい》りぃ
あ〜コリャコリャ♪

うめばあちゃんのうたごえが、雪《ゆき》の野原《のはら》にひびきわたります。ヨモギ村《むら》では、村中《むらじゅう》のネズミが総出《そうで》で花嫁《はなよめ》がくるのを待《ま》っていました。

その夜《よる》は、みんなで飲《の》めや歌《うた》えの大宴会《だいえんかい》。

うめばあちゃんも、二人《ふたり》のお祝《いわ》いに得意《とくい》の歌《うた》と踊《おど》りをひろうして、帰《かえ》りには、たくさんのおもちを、おみやげにもらいました。

すこしお酒《さけ》に酔《よ》ったうめばあちゃんは、月明《つきあ》かりの道《みち》をいい気持《きも》ちでフラリフラリ。

ネズミたちが、すっかりみえなくなったころ。おもちをしょったうめばあちゃんのお尻《しり》に、茶色《ちゃいろ》のシッポがフワリとでてきました。

シッポがでたのにきづかないうめばあちゃんは、ごきげんではな歌《うた》をうたっています。

うめばあちゃんは、キツネだったのです。

それを見《み》ていたお月《つき》さまが「ウフッ」と笑《わら》いましたとさ。

いしかわ・じゅんこ

広島県生まれ。尼崎市在住。「三匹のムサシ」で日本動物児童文学賞優秀賞。「キャベツくんのおもいで」（フレーベル館）「まよなかのおさんぽ」（学研）など。

子《こ》ぎつねコンタ

寅屋 佳美

子《こ》ぎつねのコンタがそだったのは、杉《すぎ》の木山《きやま》のすあなだった。

このあたりは、冬《ふゆ》でも雪《ゆき》はつもらない。つめたい北風《きたかぜ》のふくあいだ、コンタは、父《とう》さんと母《かあ》さんにはさまれて、うつらうつらしながらすごしていた。

ある朝《あさ》はやく、すあなが、ぐらっぐらっとゆれた。父《とう》さんがからだをおこすと、すあなからとびだしていった。

すぐに、まえの二《に》ばいも三《さん》ばいもはげしいゆれがきた。

コンタのからだが、めちゃくちゃにゆすぶられ、ころがされた。

絵・藤田年男

母《かあ》さんは、耳《みみ》を立《た》て、目《め》をつりあげて、入《い》り口《ぐち》のそばにすわっていた。コンタがすあなのおくにうずくまっていると、小石《こいし》がひとつおちてきた。つづいて、土《つち》がぱらっぱらっとふってきた。

すあなのてんじょうに、さけめができて、空《そら》がぽっかり見《み》え、杉《すぎ》の木《き》のはがうごいている。さけめは、どんどんひろがる。

「母《かあ》ちゃん、あそこ」

コンタが見《み》あげると、

「にげて、はやく」

くるったように、母《かあ》さんがさけんだ。コンタはその声《こえ》にとびあがり、すあなをとびだした。

どどどどどーっ、

かみなりがおちたような音《おと》がして、目《め》のまえの杉《すぎ》の木《き》が、草《くさ》や土《つち》といっしょにころがりおちていった。

山《やま》はだは、なにもなくなってしまった。

「きがつくのが、もうすこしおくれたら……」

母《かあ》さんの声《こえ》がふるえている。そのあと、急《きゅう》に母《かあ》さんは首《くび》をのばし、空《そら》にむかってほえはじめた。

「コーン、コーン」

「コーン、コーン」

まるでその声《こえ》がとどいたように、たおれた木《き》をとびこえ、すすきやいばらをかきわけて、茶色《ちゃいろ》のしっぽをゆらしながらおりてくるきつねがいた。

コンタの父《とう》さんだ。

父《とう》さんといっしょにおりてくるものがいる。うさぎさんに、りすさん、しかさんにたぬきさん。まだまだつづいている。

さるさんにいたちさん、たくさんの子《こ》どもをつれたいのししさんだ。

「おたがいぶじで、なによりでしたね」

母《かあ》さんがみんなと話《はな》している。

「こわかったねぇ」

「この世《よ》のおわりかと、おもいましたよ」

「ほんとうですね。だけど、すみかをうしなって、これからどうしたらいいのか……」

「どこかかわりになるところがあればいいんですけれど」

「ふもとに、大《おお》きなほらあながあって、くまさんだけが、いつもつかっているそうですよ」

「そんなところがあるんでしたら、せめてあかんぼうのいるいたちさんだけでも、入《い》れていただければいいのに、ねぇ」

母《かあ》さんがみんなを見《み》まわした。

「あそこはだめですよ。あんなにらんぼうで、きのあらいくまさんのところですもの」

「そうそう、くまさんは大《おお》ぐいで、あぶないですわ」

「つきあいのわるいくまさんですもの。たのめませんわ」

母《かあ》さんたちは、にぎやかだ。

子《こ》どもたちは、ふざけあったり、かけっこしたり、木《き》のぼりをしたりしている。

コンタは、もとのすあながどうなったのか見《み》たくなった。そっとぬけだし、山《やま》くずれのあったところにやってきた。そこはぽっかりとすくいとられたように、がけになっていた。

（ぼくたちのすんでいたすあなは、どこにいったんだろう）

と、せのびをしてがけをのぞきこんだときだった。ぐらっぐらっと大《おお》きなゆれがきて、足《あし》もとがくずれた。からだをおこすまもなかった。コンタはそのまま、がけをころがりおちていった。

おちていくとちゅう、コンタはなにかにぶつかった。それはでっかくてやわらかいものだった。ほっとしたとたん、やわらかなものは、急《きゅう》に走《はし》りだした。

コンタはあわてててでっかいものの黒《くろ》い毛《け》にかじりついた。けれども、ちからつきて、ふりおとされてしまった。

地面《じめん》にころがされたコンタが見《み》たのは、ぎょろりとした目《め》、黒《くろ》い鼻《はな》のあなと、大《おお》きな口《くち》だった。みんながうわさしていた、くまのおじさんだった。

ふるえあがったコンタの耳《みみ》に、あたたかな息《いき》がかかった。

「ぼうず、こわがりやなぁ」

と、ひくい声《こえ》だった。

「おまえ、小《ちい》さなくせして、おれをおどろかせよって」

くまさんは、にやりとした。

「た、たすけて。食《た》べないで」

「くったりせんよ。そうおろおろするなよ」

その声《こえ》は、いがいにやさしい。

「おれがええきもちで冬《ふゆ》ごもりをしとると、地震《じしん》がきて、その上《うえ》、山《やま》くずれまでおきたんや。ゆっくりねてもおられん」

そういうと、コンタを見《み》た。

「おきてきたら、空《そら》からえたいのわからんもんがおちてきた。それが、おまえやったんや、はっはっはっはっ」

くまさんが大《おお》きな口《くち》をあけてわらったとき、いきなり、ぐらっぐらっとゆれがやってきた。

むきだしになった山《やま》はただの土《つち》が、だだーっと、コンタの頭《あたま》の上《うえ》からおちてきた。

きがつくと、コンタの上《うえ》に、くまさんがおおいかぶさっていた。やわらかな腹《はら》から、どきどきとしんぞうの音《おと》がつたわってきた。父《とう》さんといるようで、もうこわくはなかった。

くまさんが立《た》ち上《あ》がった。見《み》あげるほどでっかい。

ぱさーっ、だばだばだば。

土《つち》ぼこりがあたりにひろがった。

くまさんがコンタにちかよると、声《こえ》をひそめていった。

「じつは、おれもこわがりなんや。その上《うえ》、目《め》も、ちかくしか見《み》えん。だから、いつもびくびくしてくらしとるんや」

「えっ、おじさんが、こわがりなんて、うそやろ?」

「ほんとうのことや。おれもちいさいころは、むてっぽうで、よく母《かあ》さんにしかられたもんや」

くまさんは空《そら》を見《み》あげた。

「父《とう》さんが人間《にんげん》に鉄砲《てっぽう》でうたれ、母《かあ》さんとはぐれてから、おれはおくびょうになってしまった」

目《め》がうるんでいた。コンタが見《み》たのは、きらわれもののつよいくまさんではなかった。

「おれは、からだがでっかいぶん、いっぱい食《た》べなならんのや」

くまさんがつづけた。

「人間《にんげん》においかけられても、あぶない柿《かき》の木《き》にのぼったり、畑《はたけ》から芋《いも》をとったりせんと、生《い》きていけんのや」

「山《やま》のみんなとなかよくなればいいのに。今《いま》も、りすさんやさるさんが、たくわえた栗《くり》やどんぐりを、くばっていたよ」

「なかまか、いいなぁ」

「ぼくが父《とう》さんに話《はな》そうか？」

くまさんは、くびをふった。

「いいことがあるよ。地震《じしん》でみんな、すむところをなくしたんだ。くまさんのほらあなに入《い》れてほしいっていってたよ」

「…………」

「おじさんはちからもちだし、あたらしくすみかをつくるときも、やくにたつから、みんなよろこぶよ」

「そうかい、だけど……なぁ」

くまさんは目《め》をしばしばさせると、コンタを見《み》た。

「ほらあなのことは、かんがえておくよ。ぼうず、もうころげおちたりするなよ、じゃあな」

くまさんは、大《おお》きなからだをゆすりながら、とおざかっていった。

「げんきでよかった」

コンタをむかえにきた母《かあ》さんは、コンタのからだをなめまわした。

「おーい、きてみろ。くまさんのほらあなが、からっぽだよ」

しかさんがさけんでいる。

「きっと、地震《じしん》でおじけづいて、にげていったのよ」

たぬきさんの声《こえ》だ。

「まあっ、枯《か》れ草《くさ》が、こんなにたくさんつんであるわ。みんなで分《わ》けあいましょう」

母《かあ》さんの声《こえ》もきこえる。

「これで、あたたかな冬《ふゆ》がこせるわ」

みんながにこにこして、ほらあなに入《はい》っていく。

（きっと、くまさんは、ほらあなをからっぽにして、枯《か》れ草《くさ》だけをのこしていったんだ。

これからのさむい冬《ふゆ》のあいだ、くまさんは、どこでどうしてすごすのだろう？　もうい

ちどあえるかなぁ？　あいたいなぁ）
コンタは、山《やま》のはるかむこうを見《み》つめた。

とらや・よしみ

朝来市生まれ。神戸市須磨区在住。「こうべ」同人。こうべ市民文芸短編・エッセイ部門一席。「神戸新聞文芸」小説で２０１６年10月入選。共著に「おはなしの森２」「おはなしの森３」。

なっちゃん

しんや ひろゆき

すずはあの日《ひ》から、夢《ゆめ》のなかであやまりつづけていました。

ごめんね、なっちゃん、ごめんね、なっちゃん、と。

そして目《め》をさますと、涙《なみだ》でほっぺたがぬれているのでした。

かぎをあけ、すずは元気《げんき》よく「ただいまー」と家《いえ》の中《なか》にはいりました。でも、ママはいません。先週《せんしゅう》からおしごとにいくようになったからです。

それでもすずは、いつもママが家《いえ》にいたときのように「ただいまー」と大《おお》きな声《こえ》を出《だ》しながら、玄関《げんかん》のとびらをあけるようにしていました。そして心《こころ》の中《なか》で、ママの「おかえりなさい」という声《こえ》と、よろこんで玄関《げんかん》までむかえに来《き》てくれるなっちゃんの姿《すがた》を見《み》ていま

絵・杉本峰治

した。

まずはランドセルをあけて、もらってきた学校《がっこう》からのおてがみを出《だ》して、と。

テーブルの上《うえ》でランドセルの中《なか》をガサゴソしていると、ピンポーンとインターホンがなりました。

ママがいないときはピンポンがなってもむししなさいといわれていたので、すずはちらっと玄関《げんかん》の方《ほう》を見《み》ただけで、ガサゴソをつづけました。

ランドセルのそこの方《ほう》から、やっとおてがみが出《で》てきました。インターホンは、しわくちゃになったおてがみを手《て》でのばしている間《あいだ》もなりつづけています。

だれだろうと思《おも》いながら、すずは窓《まど》まで行《い》き、カーテンのすき間《ま》からのぞいてみました。

でも、木《き》がじゃまでよく見《み》えません。女《おんな》の人《ひと》ということはわかるんだけど……。

ママからは女《おんな》の人《ひと》でも出《で》ちゃだめっていわれています。

すずはいったん窓《まど》からはなれました。そしておやつのバナナを食《た》べようと、テーブルにつきました。

そうしている間《あいだ》も、インターホンはなりつづけています。

すずは心《こころ》の中《なか》で「あー、もううるさい！」とさけびながら耳《みみ》をふさぎました。

何分《なんぷん》くらいそうしていたでしょうか。そっと手《て》を耳《みみ》からはなすと、インターホンはなりやんでいました。

さあ、たーべようっと。すずはバナナを手《て》にとりましたが、なんだか気《き》になります。

すずはもう一度《いちど》窓《まど》のところへいき、カーテンのすき間《ま》から玄関《げんかん》の方《ほう》をのぞきました。

すると、女《おんな》の人《ひと》がちょうど歩《ある》きはじめて、庭《にわ》の前《まえ》をとおるところでした。垣根《かきね》の間《あいだ》から、ちらっと女《おんな》の人《ひと》の髪《かみ》の毛《け》の赤《あか》いリボンが見《み》えたとたん、すずは家《いえ》の中《なか》をかけだしていました。

あの女《おんな》の人《ひと》に会《あ》わないと。その言葉《ことば》だけが、頭《あたま》の中《なか》でぐるぐるまわっていました。

だからクツもちゃんとはかずに外《そと》にとびだして、公園《こうえん》のベンチにすわったその女《おんな》の人《ひと》を見《み》つけて、やっぱり知《し》らない人《ひと》だったとしても、ぜんぜんこわくありませんでした。

いいえ、こわいのとは逆《ぎゃく》に、すごくほっとしたのです。すごくすごくほっとしました。

この思《おも》いはなんだっけ。しばらくこんな気持《きも》ちにはなったことはないけど、でも、以前《いぜん》はよくこんな、なんていうんだろう、春《はる》の日《ひ》のひだまりの中《なか》にいるような、あたたかな気《き》持《も》ちになっていた気《き》がする……。

そのとき、女《おんな》の人《ひと》がにっこりわらって言《い》いました。

「すずちゃん」

すずは「はい」と答《こた》えながらも、首《くび》をかしげました。

やっぱり知《し》らない人《ひと》でした。

でも、知《し》ってる人《ひと》だ、とも思《おも》いました。

気《き》がつくと、女《おんな》の人《ひと》はすずの手元《てもと》ばかり見《み》ています。

すずはそのときはじめて、家《いえ》をとびだしたとき、いっしょにバナナをもってきたことに気《き》づいたのでした。

すずははずかしくなって、バナナを背中《せなか》の方《ほう》にかくしてしまいました。そして言《い》いました。

「あの、なんでわたしの名前《なまえ》を……」

でも女《おんな》の人《ひと》はすずの問《と》いには答《こた》えず、とても優《やさ》しい笑顔《えがお》で「ありがとう」と言《い》いました。

「それが言《い》いたくて」

女《おんな》の人《ひと》の笑顔《えがお》はとてもあたたかでした。その瞬間《しゅんかん》、すずの心《こころ》の中《なか》に、いろいろな思《おも》いがわあっとあふれ出《だ》してきました。

その女《おんな》の人《ひと》はなっちゃんでした。

顔《かお》もかっこうもクリーム色《いろ》のラブラドールレトリバーではなく、人間《にんげん》の女《おんな》の人《ひと》でしたが、その笑顔《えがお》はすずが生《う》まれたときから、いつもいっしょだったなっちゃんでした。

「なっちゃん……」

すずがやっとそう言《い》うと、なっちゃんはこくりとうなずいてくれました。

「なっちゃん、ごめんね、なっちゃん。本当《ほんとう》にごめんなさい。わたし……」

なみだがあふれてそこまでしか言《い》えませんでしたが、なっちゃんはほほえみながら、首《くび》を横《よこ》にふってくれました。いつもの優《やさ》しい目《め》でした。

なっちゃんが天国《てんごく》にいく前《まえ》の日《ひ》、すずはどうしても友《とも》だちと遊《あそ》びたくて、具合《ぐあい》の悪《わる》いなっちゃんをひとりぼっちにして、友《とも》だちのところへいってしまったのでした。遊《あそ》びおえて家《いえ》に帰《かえ》ってくると、なっちゃんは苦《くる》しそうな息《いき》をさせながら、すずをまっていました。

その日《ひ》の夜中《よなか》に、なっちゃんは天国《てんごく》にいってしまいました。

どうしてわたし、なっちゃんといっしょにいてあげなかったのだろう。すずはあの日《ひ》から、毎日心《まいにちこころ》の中《なか》で問《と》いつづけていたのでした。

気《き》がつくと、なっちゃんが「それ、いっしょに食《た》べる?」と言《い》っていました。

「それって、バナナのこと?」

そう、バナナはすずの大好物《だいこうぶつ》でしたが、なっちゃんも大好《だいす》きなおやつでした。

「うん。食《た》べよう、いっしょに」

すずは笑顔《えがお》で答《こた》えました。

「いつもより大《おお》きめにね」と言《い》いながら、すずはいつもしていたように、バナナを手《て》でわりました。

バナナをあげるとき、なっちゃんは犬《いぬ》の姿《すがた》にもどっていました。


気《き》がつくと、すずは一人《ひとり》、公園《こうえん》のベンチにすわっていました。

春《はる》がそこまで来《き》ているような、あたたかな気持《きも》ちでした。

しんや・ひろゆき
尼崎市生まれ。神戸市在住。「漫才の星になるんや」(童心社)でデビュー。第43回講談社児童文学新人賞佳作入賞。他に「あゆみ」(講談社)「シャッフル」(大日本図書)など。

ブック校長先生《こうちょうせんせい》

西村 さとみ

雪《ゆき》がふっています。

ここは山《やま》のふもとにある、小学校《しょうがっこう》の校長先生《こうちょうせんせい》の家《いえ》です。

その学校《がっこう》には、一年《いちねん》から六年《ろくねん》まであわせて二十二人《にじゅうににん》の生徒《せいと》がいます。

「きょうは、学校《がっこう》を休《やす》む」

校長先生《こうちょうせんせい》が、奥《おく》さんにいいました。

ブックは二人《ふたり》の話《はなし》に聞《き》き耳《みみ》を立《た》てました。シバ犬《けん》のブックは校長先生《こうちょうせんせい》の家《いえ》でくらしています。

校長先生《こうちょうせんせい》は、本《ほん》を読《よ》むのが大《だい》すきです。ブックは生《う》まれた時《とき》から校長先生《こうちょうせんせい》のそばにい

絵・野村洋史

るので、字《じ》が読《よ》めます。話《はな》していることもわかります。

「どうしたん？」

奥《おく》さんはしんぱいそうです。

「ちょっと頭《あたま》がいたいし、熱《ねつ》があるみたいだでえ」

「そりゃあ、あかんわ。きょうはゆっくり休《やす》まな」

ブックは、校長先生《こうちょうせんせい》がこのごろかぜぎみだったのに、きのうも夜《よる》おそくまで本《ほん》を読《よ》んでいたことを知《し》っています。もしかしたら、そのせいかもしれないと思《おも》いました。

「学校《がっこう》には電話《でんわ》しとくで」

そう奥《おく》さんにいったあとで、校長先生《こうちょうせんせい》のひとりごとが聞《き》こえてきました。

「きょうは昼休《ひるやす》みに、子《こ》どもらと雪《ゆき》がっせんをしょうと思《おも》っとったのに。ええ雪《ゆき》がようけつもったでなあ」

『雪《ゆき》がっせん』ということばに、ブックの耳《みみ》がピーンとなりました。

毎日《まいにち》、校長先生《こうちょうせんせい》はブックをさんぽにつれていってくれます。雪《ゆき》がつもったまっ白《しろ》なたんぼを走《はし》りまわるのは、楽《たの》しくてしかたがありません。

「そうだ！　きょうは校長先生《こうちょうせんせい》にかわって、ぼくが学校《がっこう》へ行《い》こう」

ブックはずっと前、山《やま》にあそびに行《い》ってタヌキのおばばとなかよしになりました。そのときおばばは、変身《へんしん》の術《じゅつ》をおしえてくれたのです。

「校長先生《こうちょうせんせい》に、へんしーん！」

ブックは学校《がっこう》につくと、校長先生《こうちょうせんせい》のへやに行《い》きました。へやの中《なか》には、どっしりとした大《おお》きな机《つくえ》とすわりごこちのいいイスがあります。

へやはストーブであたたまり、イスにすわると、ねむくなってきました。

「校長先生《こうちょうせんせい》、朝礼《ちょうれい》が始《はじ》まりますよ。子《こ》どもたちは、もう体育館《たいいくかん》に集《あつ》まっとります」

教頭先生《きょうとうせんせい》がよびにきました。

「はーい」

ブックは、元気《げんき》よく答《こた》えると体育館《たいいくかん》へ走《はし》っていきました。

「校長先生《こうちょうせんせい》、ろうかを走《はし》ってはいけませんよ！　しかもあんなに速《はや》く走《はし》って。どうしたんだえ」

首《くび》をかしげながら、教頭先生《きょうとうせんせい》も体育館《たいいくかん》へと急《いそ》ぎました。

ブックは、あいさつしました。

「えー、みなさん。おはようございます。きょうも一日《いちにち》、笑顔《えがお》で楽《たの》しくすごしましょう」

校長先生《こうちょうせんせい》のへやにもどってもすることがないので、ブックは学校《がっこう》の中《なか》を見《み》てまわりました。

「はい、はい」と元気《げんき》よく手《て》をあげて、勉強《べんきょう》している子《こ》もいますが、つまらなそうな顔《かお》をした子《こ》もいました。どうしたらみんなを笑顔《えがお》にできるかな、とブックはかんがえました。

そのとき、おなかがギュルルと鳴《な》りました。給食《きゅうしょく》の時間《じかん》になるまで、まだまだあります。

「なんかおやつが食《た》べたい。ホットケーキがええなあ。いっしょにやいて食《た》べたら、みんな笑顔《えがお》になるかもしれん」

ブックは校内放送《こうないほうそう》をしました。

「みなさん、おやつの時間《じかん》にしましょう。ランチルームに集《あつ》まってください」

あちこちの教室《きょうしつ》から、子《こ》どもたちのうれしそうな声《こえ》がいっせいにあがりました。

とまどっているようすの先生《せんせい》たちや、こまった顔《かお》の教頭先生《きょうとうせんせい》も来《き》ました。

「校長先生《こうちょうせんせい》、かってにおやつの時間《じかん》を作《つく》らんとってください」

「かまワン！　かまワン！」

それを聞《き》いて教頭先生《きょうとうせんせい》は、ますますこまってしまいました。

ホットケーキがやけると、ランチルームいっぱいに甘《あま》くていいにおいが広《ひろ》がりました。

みんなにこにこ、楽《たの》しそうに食《た》べています。ブックもおなかいっぱい食《た》べました。

外《そと》を見《み》ると雪《ゆき》はやんで、空《そら》が明《あか》るくなってきました。

（雪《ゆき》の中《なか》を走《はし》りまわりたいな）

ブックはうわばきのまま、ランチルームから思《おも》わず雪《ゆき》の中《なか》に出《で》てしまいました。そのとき、タヌキのおばばのことばを思《おも》い出《だ》しました。

『自分《じぶん》が変身《へんしん》していることをわすれたらあかんぞ。うっかりわすれてしまったら、元《もと》のすがたにもどってしまうでな』

ブックは自分《じぶん》が今《いま》、校長先生《こうちょうせんせい》に変身《へんしん》していることを思《おも》い出《だ》しました。

ひとりの子《こ》どもが、ブックに話《はな》しかけてきました。

「校長先生《こうちょうせんせい》、何《なに》しとるん？」

「あ、えーっと。雪《ゆき》あそびをしたら楽《たの》しいだろうなあと思《おも》って、見《み》とったとこだが」

「わーい、雪《ゆき》あそびだあ」

その男《おとこ》の子《こ》は長《なが》ぐつにはきかえて、校庭《こうてい》に出《で》ていってしまいました。

ブックはうらやましくてたまりません。

「ぼくも行《い》こうっと。次《つぎ》のじゅぎょうは雪《ゆき》あそびにします」

ブックも校庭《こうてい》にとびだして行《い》きました。それを見《み》ていたほかの子《こ》どもたちも、ランチルームから次々《つぎつぎ》に出《で》てきました。

高学年《こうがくねん》の子《こ》たちは雪《ゆき》がっせんを始《はじ》めました。校庭《こうてい》のはしの方《ほう》で雪《ゆき》だるまやかまくらを作《つく》っている子《こ》もいます。雪《ゆき》のすべり台《だい》であそぶ子《こ》もいました。

ブックは投《な》げたボールを取《と》るというあそびが大《だい》すきです。雪《ゆき》がっせんでとんで来《き》た雪《ゆき》だまを思《おも》わずジャンプして、口《くち》で受《う》け止《と》めてしまいました。

そのしゅんかん、ブックは校長先生《こうちょうせんせい》から犬《いぬ》のすがたにもどりました。自分《じぶん》が人間《にんげん》に変《へん》身《しん》していたことを、すっかりわすれてしまっていたからです。

「しまった」といったつもりの声《こえ》は、ほかの人《ひと》たちには「ワ、ワッーン」としか聞《き》こえません。

「犬《いぬ》だ。校長先生《こうちょうせんせい》が犬《いぬ》になったぞー！」

子《こ》どもたちはびっくりして、大《おお》さわぎです。
ブックは、もう校長先生《こうちょうせんせい》はやーめたと思《おも》いました。
子《こ》どもたちといっしょに、雪《ゆき》のつもった校庭《こうてい》を思《おも》いっきり走《はし》りまわりました。

にしむら・さとみ
養父市生まれ、香美町在住。「グッバイ、雪女」で毎日児童小説コンクール優秀賞。日本児童文学者協会会員。「花」同人。おはなしの森では「きょうりゅうレストラン」ほか。

ぼくらの雪《ゆき》だるま

畑中　弘子

ゆうくんのへやのまどから、そとのけしきがよく見《み》えます。あさ、カーテンをあけておどろきました。いえのまえのひろばもさきのどうろもまっ白《しろ》です。

「わー、雪《ゆき》やあ」

すぐにとびおきてきがえようとしましたが、からだがふらふらします。まっすぐおちているはずの雪《ゆき》がダンスをし、ぐるぐるまわりはじめました。もうたっていることもできません。ゆうくんはまたベッドにぎゃくもどりです。

おかあさんのこえがきこえました。

「ゆうくん！　ようちえんにおくれるよー」

絵・寺田翔太朗

はやあしでやってきたおかあさんは、ゆうくんのひたいに手《て》をおき、「まあ、ねつがあるわ！」とおどろいています。

おかあさんの手《て》がはなれると、こんどはれいきゃくジェルシートがひたいにのりました。ひんやりとしてとてもきもちがいい。

それから、ゆうくんはまたねむってしまいました。

うとうとねむっていると、

「ゆうくーん、ゆうくーん」

「あ、けんくんや！」

なかよしのけんくんのこえがしました。

（どうしたんやろ？　でっかいこえなんかだして）

ゆうくんはベッドからおきあがりました。もうふらふらしていません。

そとは雪《ゆき》のせいで、とてもあかるくしずかです。まどをあけると、けんくんがてをふっているのがみえました。

「ゆうくん、はやくう、雪《ゆき》だるま、つくろう！」

よこにいるのは、いつもいっしょにあそぶなっちゃんです。赤《あか》いマフラーをたかくあげてさけんでいます。

「ゆうくん、てつどうてー」

ゆうくんはいそいでふくをきがえました。

(おかしいな、きょうはようちえん、やすみやったかなあ……)

「おかあさん、雪《ゆき》だるま、つくってくるよ」

だいどころにいたおかあさんにはきこえていないようです。

ぼうしをかぶり、てぶくろをはめ、ブーツをはきました。げんかんのドアをあけると、ひゅうとかぜがふいてきましたが、ちっともさむくありません。

けんくんが、

「ゆうくん、雪《ゆき》をここへもってきてえ」

と、サッカーボールぐらいになった雪《ゆき》のかたまりをゆびさしていいました。

「おっけー」

サクサク、サクサク。雪《ゆき》をりょう手《て》いっぱいすくってもっていきます。なっちゃんはほ

おをまっかにして、

「あたし、おじいちゃんちで、雪《ゆき》だるまつくったんや。この雪《ゆき》のかたまり、じょうずにころがしたら大《おお》きくなるんやで」

なっちゃんのいうとおりころがしていくと、雪《ゆき》のたまがふくらんできました。

けんくんがいいました。

「もういっこ、ちっちゃいのがいるんや！」

ふたつをつみかさねます。

三《さん》にんはかおをみあわせて、ガッツポーズ。ゆうくんが、

「ようし！　かっこういいかおをつくるぞ」

「目《め》にはまるいカンがいい！」

と、なっちゃん。けんくんが、

「ある、ある！　おばあちゃんがおくってきてくれたキャンディのカンがあった！」

といって、いえにとりにかえりました。

ゆうくんはこえだを二《に》ほん、みつけて、まゆをつくり、なっちゃんは、

「口《くち》は赤《あか》いんやで」

といって、さざんかの花《はな》をつんできました。

「いいカン、あったよう」

といって、けんくんがはしってきます。

はっぱをぼうしに、太《ふと》い木《き》のえだをりょううでにして、元気《げんき》な雪《ゆき》だるまができあがりました。

「わーい、わーい」

「できたあ」

「ぼくらの雪《ゆき》だるまやあ」

そのとき、ひゅうと、かぜがふいてきて、ゆうくんはクシュンとひとつ、くしゃみをしました。とたん、はっときがついたのです。

「あ、この雪《ゆき》だるま、はながない！」

「ほんまや、この雪《ゆき》だるま、はながない」

「そうや。はながない」

三《さん》にんはなにをつけようかとかんがえました。ゆうくんが、

「まつぼっくりはどうやろ？」

「あたし、かわいいまつぼっくり、もってるよ」

「でっかい雪《ゆき》だるまだもん、でっかいのがいいんや」

けんくんとなっちゃんはまた、まつぼっくりをとりにいえにもどっていきました。

ゆうくんは、きょねんのあき、三《さん》にんでまつぼっくりひろいをしたことをおもいだしました。

「ぼくんちにもあるはずや」

いえにもどろうとしたとき、
ひゅう、ひゅう。

かぜがきゅうにつよくなり、雪《ゆき》がはげしくふりだしました。

「わああ」

もう目《め》をあけていることもできません。とおくでだれかがゆうくんをよんでいます。

「ゆうくん、ゆうくん！」

目《め》をあけると、おかあさんのかおがありました。

「え？　おかあさん？」

おかあさんは、

「よかった。ねつもさがったようね。そうそう、けんくんとなっちゃんがきてくれたんよ。ようちえんで、雪《ゆき》だるま、つくったんやって。ゆうくんにもちっさいのつくって、もってきてくれたんよ」

おかあさんはつくえの上《うえ》のせんめんきをゆびさしました。

それから、「あら、まあ」とつぶやきました。

せんめんきの中《なか》の雪《ゆき》だるまが土《つち》まじりのこおり水《みず》にかわっていたからです。小《ちい》さなはっぱやこえだにまじって、かわいいまつぼっくりがぽこんとういていました。

「あ、まつぼっくり！」

ゆうくんは元気《げんき》なこえでいいました。

「このまつぼっくり、雪《ゆき》だるまのはなにしたんや！」

おかあさんは目《め》をほそめて、

「あしたはようちえんにいけそうね」

そとはまだ雪《ゆき》がふっています。

ゆうくんもわくわくしてきました。

「あした、けんくんやなっちゃんといっしょに、でっかい雪《ゆき》だるま、つくろう！」

はたなか・ひろこ
神戸市北区在住。日本児童文芸家協会員。KCC「童話教室」講師。「ワルルルさん」（くもん出版）「おによろし」（てらいんく）絵本「地震がおきたら」（BL出版）ほか。神戸新聞の第1火曜の夕刊に「絵本ファーム」を連載中。

あとがき

日本には美しい四季があります。春には桜、夏には海、秋には紅葉、冬には雪。誰にも一瞬に思い浮かぶ春夏秋冬の景色がたくさんあります。

第一集『おはなしの森』は春（二〇一二年四月）に、第二集『おはなしの森2』は夏（二〇一三年七月）に、第三集『おはなしの森3』は秋（二〇一五年十月）の発行でした。

そして今回の『おはなしの森4』の発刊が冬。掲載作家たちの本出版への想いが一つになった時が偶然にも日本の四季と連動していました。中味もまた「はるの森」「なつの森」「あきの森」「ふゆの森」に分かれています。かわいらしい物語や不思議な物語や面白い物語など、二十二編が揃いました。すべて、神戸新聞日曜版子育て欄「すくすく」に載せていただいた作品です。

お家の方々と、また学校の「朝の読書」「読み聞かせ」や「ネット」など、いろいろな機会を通して、多くの方々に読んでいただければと願っています。

このたびも、素敵な装画を描いてくださった、竹内よし栄様はじめ、多くの方々からご支援、ご助言をいただきました。心からお礼申し上げます。

二〇一八年十二月

「おはなしの森」の会　畑中　弘子
高浜　直子

『おはなしの森』収録作品

ぼくはカタツムリ	岡村 佳奈
せつぶんの夜	畑中 弘子
クマ町	森くま堂
きょうりゅうレストラン	西村 さとみ
よーい、ドン	かねこ かずこ
焼きぐり	河本 克美
さかさのさかさ	うたか いずみ
こどもおばけのヒィ 新学期の巻	高浜 直子
かまぼこの家	国元 アルカ
ぴかぴか！	赤木 きよみ
おばけやしきのまいごのおばけ	しんや ひろゆき
真夜中の幼稚園	石川 純子
カレイおばさんの手紙	戸沢 たか子
山の野球場	陶山 公子
おたすけリュック	中住 千春
セイタカノッポの木	石神 誠
ブラックサンタゆうかいじけん	三嶋 陽子
おほしさまの木	木村 恵子
ふうせん ふうたろう	うちだ ちえ
まいごのネズミ	白矢 三恵

『おはなしの森２』収録作品

春ものがたり

ひとりごとのきかい	河本 克美
ジャンケンはだめよ	高浜 直子
ヘビとカメとヤドカリと	石神 誠
たまごみーつけた	寅屋 佳美
おたすけのカサ	赤木 きよみ
魔女のほうきは修理中	中山 みどり

夏ものがたり

おるすばんは、バッチリ	かねこ かずこ
これ、なあに？	工藤 葉子
うめばあちゃんとはたけのサーカス	石川 純子
ぼくの絵本	国元 アルカ
ねこと魔法と花火の夜	岡村 佳奈

秋ものがたり

かいじゅうカンナゴン	陶山 公子
花ばたけ	畑中 弘子
穴掘りケンと、地底人チム	戸沢 たか子
おむすび・おにぎり大戦争	森くま堂
おおきくなったら	白矢 三恵

冬ものがたり

二月のサンタ	三嶋 陽子
おまじないうさぎ	中住 千春
ずっといっしょに いようね	西村 さとみ
つの一本	うたか いずみ
春るるるん	うちだ ちえ

『おはなしの森３』収録作品

１～３月のおはなし

ねずみのおうち	河本 克美
そらもようのおてがみ	中住 千春
ウマくんのしごと	うちだ ちえ
ランドセルさん ありがとう	白矢 三恵
うめばあちゃんとドキドキ豆まき	いしかわ じゅんこ
トラはネコマタ・スーパーキャット	森くま堂
花咲く庭で	中山 みどり

４～６月のおはなし

赤い風船	だんちあん
春の夜のおまじない	岡村 佳奈
ひばり	寅屋 佳美
ライオンキャンディー、ガオー	国元 アルカ
百人前の一年生	赤木 きよみ

７～９月のおはなし

海のともだち	高浜 直子
赤いベストの男の子	戸澤 孝子
リンリン、リン太郎	西村 さとみ
屋久島のユタ	石神　誠
スキスキスキスキだーいすき	畑中 弘子

10～12月のおはなし

森のけっこんしき	陶山 公子
スーパジャマン	工藤 葉子
風見鶏のたまご	かねこ かずこ
お星さま きらり	うたか いずみ

本書は、神戸新聞で 2004年 1月から連載中の「おはなしの森」の中から 22話を、加筆・訂正し単行本化したものです。本文中のイラストは一部を除き、連載当時のものです。

装画　竹内よし栄
神戸市出身。京都工芸繊維大学卒業後、イタリアに遊学。フリーで、主に本の挿画やさし絵を手掛けている。著作に、『うみ　みえた』（赤とんぼ絵本賞）、装画に『おはなしの森』シリーズ、『ぼくらのメジロツバキ』など。明石市在住。

おはなしの森《もり》 4

２０１８年１２月２５日　第１刷発行

編　　者「おはなしの森《もり》」の会《かい》
発 行 者　吉村 一男
発 行 所　神戸新聞総合出版センター
〒650-0044 神戸市中央区東川崎町 1-5-7
TEL078-362-7140　FAX078-361-7552
http://www.kobe-yomitai.jp/
印　　刷　株式会社 神戸新聞総合印刷

© 2018. Printed in Japan
乱丁・落丁はお取り替えいたします。
ISBN978-4-343-01020-9 C0093